JN098557

俺の歯の話

装丁・本文レイアウト　細野綾子

フメックス工場のスタッフに

目次

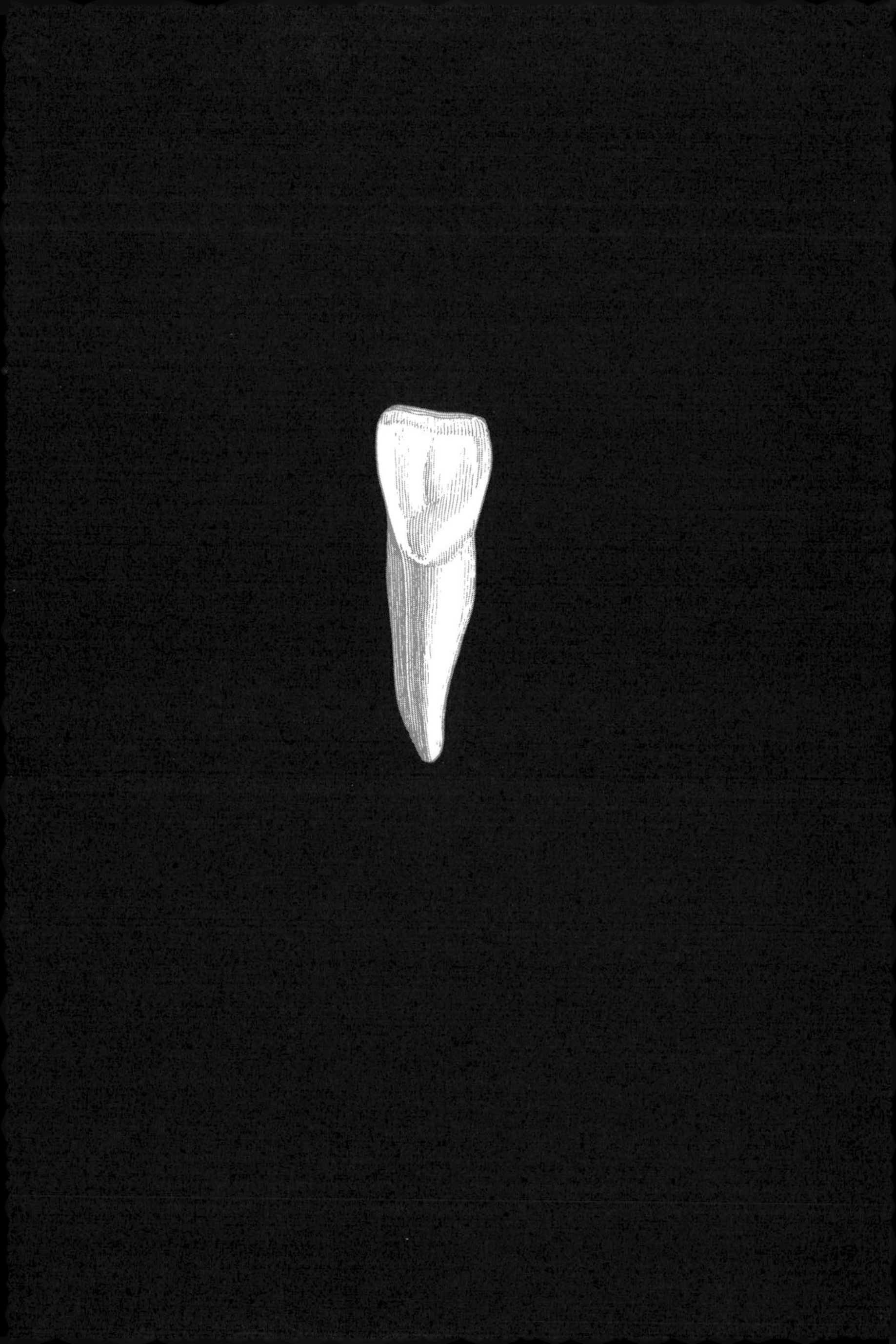

第一の書

物語

（はじまり、なか、おしまい）

ある人は父の名前がジョンだからジョンと名づけられたかもしれないし、ある町はダート川の河口（マウス）にあるのでダートマスと名がついたかもしれない。しかし、ジョンの父の名前がやはりジョンであったことはジョンという語の意味の一部ではないし、その町がダート川の河口に位置することもダートマスという語の意味を成す要素ではない。

J. S. ミル

俺は世界一の競売人だが、あいにく控えめな性格なもので、誰もそのことは知らない。俺の名前はグスタボ・サンチェス・サンチェス、だが親しみを込めてだろう、人からはハイウェイって呼ばれてる。ラムを二杯飲めばジャニス・ジョプリンの物真似ができる。チャイニーズ・フォーチュン・クッキーの意味を読み解ける。クリストファー・コロンブスの有名な逸話みたいに卵をテーブルの上にまっすぐ立てられる。日本語で八まで数えられる。イチ、ニ、サン、シ、ゴ、ロク、シチ、ハチ。仰向けになって水に浮かぶことができる。

こいつは俺の歯と、俺のコレクションやモノの変わりやすい価値についての話だ。どんな物語もそうだが、この話も「はじまり」があって、「なか」があって、「おしまい」に至る。そこから先は、ある友だちがいつも言ってるように、文学なんだな。誇張法、比喩法、循環論法、寓意法、そして省略法。そのあと何が来るかはわからない。ひょっとすると不名誉と死、そして最後は死後の名声かもしれない。そこまで行ったら、もう俺が一人称で語ることはあるまいよ。俺は死人、人もうらやむ幸せな男になってるさ。

　運に恵まれた奴もいればカリスマ性に恵まれた奴もいる。俺にはどっちも少しだけあった。イタリア製の上等なネクタイのセールスマンをしていたおじのソロン・サンチェス・フエンテスがよく言ってたな、美貌も権力も若いころの成功も消えてなくなるものだ、それに恵まれた人間にとっての重荷になる、なぜならそれを失うって考えるのは耐えがたい恐怖だからって。俺はもともとそんな儚いものは持ち合わせていないから、そんなことを悩む必要もなかった。俺の才能は死ぬまで枯れやしない。俺はソロンおじからカリスマ性を余さず受け継ぎ、おじも俺にお洒落なイタリア製のネクタイを一本残してくれた。これさえあれば正真正銘の男になれる、おじはそう言った。

　俺は麗しき風の町パチューカで、魔歯を四本、そして体中にびっしり産毛を生やして生まれた。でもこの縁起の悪い始まりにはむしろ感謝している。もうひとりのおじ、エウリピデス・ロペス・サンチェスが言ってたように、外見の醜さは性格を形作るからだ。親父は俺の姿を初めて見たとき、実の息子は隣の部屋で出産したばかりの女に盗まれたと言い張った。親父はあれこれ手を尽くして――役人に手をまわし、ゆすり、脅し――俺を手渡した看護婦に俺を突き返そうとした。でもおふくろは俺を見た瞬間、両腕に抱きしめてくれた。ちっぽけな、赤茶色の、膨れたニュウドウカジカみたいな俺を。おふくろは汚らわしさも自分の運命として受け容れるよう鍛えられていた。親父は違った。

看護婦は俺の両親に、魔歯が四本も生えているなんてこの国では珍しいが、他の人種ではそう稀なことではないと説明した。乳児先天性歯というのだと。

そりゃどんな人種だ、と親父が身構えながら尋ねた。

コーカソイド系の白人ですね、と看護婦は言った。

でもこの子は石油みたいに黒いぞ、と親父は答えた。

遺伝学は神様が大勢いらっしゃる科学なんですよ、セニョール・サンチェス。

親父はこの言葉に慰められたのだろう。ついにあきらめて、俺を分厚いフランネルの毛布にくるんで家まで連れて帰った。

俺が生まれて間もなく、俺たち一家はエカテペックに引っ越し、そこでおふくろが他人の家を掃除して家計を支えた。親父は何ひとつ掃除せず、自分の爪すら掃除しなかった。親父の爪は分厚くて、ざらざらして、黒かった。親父は爪を噛む癖があった。不安からではなく、単にものぐさで横柄だったからだ。俺がテーブルで宿題をしていると、親父は、破傷風で死んだ4－A棟の住人セニョール・コルタサルの形見におふくろがもらった緑のビロード張りの肘掛け椅子に陣取って、爪を扇風機にかざして無言で見つめていた。セニョール・コルタサルの子孫が故人の所持品を引き取りに来たとき、コンゴウインコのクリテリア――数週間後に悲しみの末期症状で死んだ――と緑のビロードの肘掛け椅子を置いていった。そこで親父は毎晩くつろぐようになったのだ。親父はラジオの公共放送を聴きながら、天井についた雨漏りの染みを一心に見つめ、それから爪を指一本ずつ噛み切っていった。

まずは小指から、上下の中切歯で爪の端を噛み、少し切り目をつけてから、伸びている部分を半月型にむしり取る。取った爪は、口のなかで一瞬転がし、舌を丸めてぺっと吐き出す。爪は勢いよく飛んできて、宿題をしている俺のノートの紙面に落ちた。外の通りでは犬たちが吠えていた。俺は鉛筆の先から数ミリのところに転がっている黒く汚れた死んだ爪のかけらを見つめた。そして、爪の周りを丸く線で囲み、その円のなかに入らないように気をつけて文字の練習を続けた。スクライブ社の罫線入りノートに、扇風機に飛ばされた爪のかけらが、隕石みたいに次々と落っこちてきた。薬指の、中指の、人差し指の、それからついに親指の。それからもう片方の手。俺は、親父の不潔な飛行体がページに残した小さなクレーターを囲むようにして、文字を器用に書きつけていった。宿題が終わると、爪を集めて小さな山にし、ズボンのポケットにしまった。そのあと寝室で、枕の下に隠していた封筒に移した。俺の子供時代を通じて、これがけっこうなコレクションになって、封筒をいくつもいっぱいにした。回想は以上。

親父はもう歯が一本もない。爪も、顔もだ。二年前に火葬され、おふくろと俺は遺言に従い、遺灰をアカプルコ湾に撒いた。一年後、今度は俺がおふくろを、麗しき風の町パチューカで、おふくろの兄弟姉妹が眠る墓に埋葬した。パチューカはたいてい雨で、そよ風なんてめったに吹かない。俺は月に一度、たいてい日曜日、おふくろに会いにパチューカに行く。

でも墓まで行くことはまずない。俺は花粉症で、墓は花だらけだから。墓地の門からそう遠くない、実物大の恐竜の像が立つ素敵な中央分離帯にある停留所でバスを降りる。俺はグラスファイバー製の優しい怪物たちに囲まれて——ずぶ濡れになって、祈りの言葉を唱えながら——足がむくんで疲れてくるまでそこにいる。それから、子供のころ使ってたノートのクレーターみたいに真ん丸い水たまりをよけながら通りを渡り、駅に戻るバスを待つ。

俺が初めて仕事をしたのは、アセイテス通りとメタレス通りの角にあるルベン・ダリーオの新聞スタンドだった。俺は八歳で、もう乳歯はみな抜け落ちていた。新しく生えてきた歯はシャベルみたいに幅広で、どれもてんでばらばらの方を向いていた。ボスの奥さんアスルは俺より二十歳年上だったが、俺にとって初めてできた本当の友達だった。ルベン・ダリーオはアスルを家に閉じこめていた。毎朝十一時になると、俺に家の鍵を渡してアスルがどうしているか見に行かせ、俺に店から取ってきてほしいものはないか尋ねさせた。

アスルはたいてい下着姿でベッドに寝ていて、そこにセニョール・ウナムーノが覆いかぶさっていた。ウナムーノは鳩胸の偏屈じいさんで、ラジオの公共放送で番組を持っていた。そいつの番組はいつも同じ文句で始まった。「やや鬱気味、適度に中庸、心情としては左翼のウナムーノがお届けします」。馬鹿めが。俺が部屋に入ると、セニョール・ウナムーノは跳び起きて、シャツに袖を通し、ズボンのボタンをあたふたと留めた。そのあいだ俺は床に目を落とし、ときどき、ベッドに寝たまま天井を見つめ、半裸の腹に指を這わせているアスルを横目で見ていた。

セニョール・ウナムーノは、服を着て、眼鏡をかけ、こっちに来ると、俺の額をぽんとはたいた。

ノックというものを教わったことがないのか、このポンコツ車め。

アスルはよく俺をかばってくれた。その子の名前はハイウェイ、わたしの友だちなの。それから、どぎまぎするほど長くて先の丸い犬歯を剝き出しにして、腹の底から笑い声を上げた。

セニョール・ウナムーノがやっと——見るからにびくびくして——裏口からこっそり出ていくと、アスルはシーツをスーパーヒーローのマントみたいに体に巻きつけ、俺をベッドに呼び寄せて一緒にトランポリンの真似事をさせた。そのうちジャンプするのに飽きると、今度は寝そべってポケット・ビリヤードをした。アスルはいつだってとても優しかった。ゲームが終わると、俺にパンひと切れとストローのついたミネラルウォーターの袋を渡して、新聞スタンドへ戻らせた。道中ミネラルウォーターを飲み干したあと、ストローはあとで使おうと思ってポケットにしまっておいた。結局、一万本以上のストローを集めたな、誓ってもいい。

アスルはどうしてた？　新聞スタンドに戻るとセニョール・ダリーオが尋ねる。

俺は罪のない行動を細かくでっちあげてアスルをかばってやる。

いとこのところに生まれる赤ちゃんの洗礼式のガウンを繕うのに糸を通そうとしてました。

どのいとこだ？

聞いてません。

サンドラかベルタだな。ほれ、小遣いだ、もう学校へ行っていいぞ。

小学校、中学校、高校、どこでも目立たず、いい成績で卒業した。俺は波風を立てるタイプじゃない。決して口は開かず、出欠を取られても返事すらしなかった。不揃いの歯を見られるのが怖かったからじゃなく、控えめな性格ゆえの沈黙だ。学校では多くを教わった。「はじまり」は以上。

二十一歳のとき、モレロス街道の工場で警備員の仕事をもらった。持ち前の控えめな性格のおかげだと思う。工場ではジュースを製造していた。そしてそのジュースがアートを生み出した。つまり、ジュースの売り上げによる収益がアメリカ大陸最大の美術コレクションを支える資金になっていたわけだ。あれはいい仕事だった。俺が任されていたのは工場の入口の警備だけで、アートを展示していたギャラリーに入ることは許されなかったが、感覚的には、真の美と真実を兼ね備えた美術品のコレクションを守っているようなものだったから。俺はそこで十九年勤め上げた。肝炎で休職した六か月と、歯根管治療が必要になったひどい虫歯のために要した三日間と、年次有給休暇を除いて、ちょうど十八年と三か月にわたり工場の警備員として過ごしたことになる。ひどい歳月ではなかったけれど、いい歳月だったとも言えない。

ところが、歌手のナポレオンが歌っているように、ある日、運命の歯車が回り出した。ちょうど俺の四十歳の誕生日に、低温殺菌技師が、ＤＨＬの配達人で中背のぽっちゃりした男に応対していたとき、パニック発作に襲われた。ポリマー管理課の課長は、パニック発作なんて見たこともなかったから、その中背の配達人が低温殺菌技師に襲いかかっているものと思い込んだ。なにしろ同僚は自分の首を両手でつかみ、顔はスモモみたいに紫色で、床に仰向けに倒れて気を失い、両脚をぴくつかせていたから。

カスタマーサービス部門の主任が俺に、その中背の配達人を取り押さえろと指示した。俺は命令に従い、容疑者に飛びかかった。ちょうどそのとき、幼なじみの同僚で工場の運転手をしていた犬（エル・ペロ）がドアの向こうから現われて、こっちに駆けつけてくると、俺がその中背の配達人を取り押さえるのを助けてくれた。ところが、それから俺が警棒の先で腰を叩くと――そんなに強くじゃなかったが――その哀れな男はめそめそ泣き出した。エル・ペロはもちろん男から手を離した。あいつはサディスティックな性格じゃないからね。俺は配達人を出口に追い立てながら、穏やかな口調で身分証明書の提示を求めた。奴は片手を高く挙げながら、もう片方の手でポケットから財布を取り出した。それから、掲げたほうの手で財布から運転免許証を抜き出すと、俺と目を合わすこともできずにおとなしく差し出した。アベリーノ・リスペール――ふざけた名前だった。カスタマーサービス部門の主任が俺に、すぐ戻ってきて倒れている同僚の手当てをしろ、床に倒れたまま息も絶え絶えなんだと言った。俺は中背の配達人に、もう行っていい、と言って――それでも奴は実際そこに突っ立ったまま泣いているばかりだった、涙に暮れてと言ってもいい――野次馬どもを警棒の先でどけながら、低温殺菌技師のもとに駆けつけた。俺は技師のそばに屈んで両腕で抱きかかえ、他にどうしていいかわからず、発作がおさまるまで静かに揺すってやった。そのあいだエル・ペロはＤＨＬの配達人を、そいつも落ち着くまで慰めてくれた。

翌日、俺は工場長の部屋に呼び出されて、昇進を告げられた。警備員をやるなんてのは二流の人間だ、と工場長は俺に内々に言った。君は一流の人間なのだ、と。

理事会の決定により、それ以降、俺は専用のデスクと椅子を与えられ、慰めを必要とする従業員に対応することが仕事になった。

君は我が社の従業員危機管理者になるのだ、と工場長は、長年の歯医者通いに特有のやや不気味な笑みを浮かべて言った。

二週間が経ち、例の低温殺菌技師は臨時休暇をとっていたから、従業員で慰めを必要とする奴などひとりもいなかった。工場は新たに警備員を雇った。太っちょでゴマすり野郎のそいつはホーチミンと呼ばれていて、一日中、人に声をかけてばかりいた。控えめさというのは、きちんと評価されていない資質なのだ。俺は新しいデスクから奴のことをしげしげと観察した。高さを調節できる回転式の椅子と、引き出しに輪ゴムとクリップを綺麗に揃えたデスクを俺はもらっていた。毎日、輪ゴムとクリップをひとつずつ、ズボンのポケットに入れて持ち帰った。俺は立派なコレクションを作り上げた。

ところが、ナポレオンが歌っているように、すべてがビロードの花びらとマシュマロの雲ってわけじゃなかった。工場の従業員、なかでもカスタマーサービス部門の主任が、あいつは今じゃ爪を噛んで天井を見てるだけで給料をもらってる、とケチをつけ始めた。従業員のなかには邪推して、低温殺菌技師と俺はぐるだった、技師は有給病気休暇を一か月、俺は昇進をせしめたのだ、などと陰謀説を唱える奴まで現われた。他人の幸運に我慢がならない惨めな連中がいかにも考えそうな、デマとでたらめだった。理事会が開かれ、俺は工場長のはからいで講座に派遣されることになった。とにかく何かしらやることを与えて、ついでに従業員の危機管理に必要なスキルを身につけさせようと考えたらしい。

俺は旅をするようになった。世界を股にかけた男になった。メキシコ中の、いやアメリカ大陸中のセミナーに参加し、講習を受けた。習い事のコレクターになったようなもんだ。応急処置、不安のコントロール、栄養学と食習慣、対人コミュニケーション、ディスク・オペレーティングシステム、新しい男性学、神経言語学。まさに黄金時代だったね。とはいえ、どんなに輝かしく素晴らしいことにも、いずれ終わりは来る。終わりの始まりは、メキシコ国立自治大学の文哲学部で取らされたある講座だった。担当講師は工場長の息子だったから、履修を断れば即クビだろう。俺は登録することにした。講座名は——おぞましくも、恥ずかしくも、驚き呆れたことに——接触即興舞踊といった。

講座の最初の課題に、振付をペアで考えるというのがあった。俺の相手になったのは、可愛くもなければ醜くもないやせ子（フラカ）とかいう女だった。このフラカ、こっちが歌の難しいリズムに合わせて指を鳴らすのが精一杯なのに、俺のことをダンスポール代わりにして、一九六〇年代のトンゴレーレみたいに体をくねらせるエキゾチックな踊りを披露した。歌なんかまるで無視していた。俺の体に手を這わせ、髪に指を差し入れ、シャツのボタンを外し始めた。俺はリズムに合わせて真面目に指を鳴らし続けた。曲が終わったとき、フラカはまさに女らしさを炸裂させ、いっぽう、凌辱され、接触即興舞踊のダンサーに変身させられた俺は、文哲学部の板張りの床のど真ん中に半裸姿で、アホロートル二匹分のサイズの金玉をぶら下げて突っ立っていた。回想は以上。

相手の顔を立てるため、俺は数か月後にはフラカと結婚せざるを得なくなった。いろいろあったが省略するとして、やがて彼女が妊娠した。俺はダンサーとして、そしてことによると役者としても天性の才能があり、これ以上時間を無駄にすべきではないとフラカが考えたため、ジュース工場の仕事を辞めてしまった。俺は彼女の個人的プロジェクト、社会奉仕、国への貢献の道具になったのだ。フラカは全寮制のカトリック系女子高校の出身で、メキシコのあらゆるリッチな白人娘がそうであるように、堕落した性格だった。だが彼女は反抗し、と本人が言っているだけなのだが、仏教徒になるための勉強を始めた。彼女には自分の稼ぎでじゅうぶん蓄えがあったから――嘘だ、すべて父親の金だ――ダンスや役者の仕事で稼げないあいだは面倒を見ると言ってくれた。俺は何もかもあいつの言うとおりにした。俺はポランコ地区にあるあいつのばかでかいマンションに転がり込み、王子みたいな暮らしを始めた。それからよくあることだが、かなり短時間で、フラカはおでぶ(ゴルダ)に変貌した。

　どんなに気迫(エラン)を込めようとも、どんなに体を完璧に鍛えても、コンテンポラリーダンサーや役者の仕事は得られなかった。〈堕ちたイカロス・ダンスカンパニー〉、〈代替次元〉、〈宇宙人種〉、さらには〈開放空間〉でもオーディションを受けた。最後の〈開放空間〉は文字どおりとてもオープンな舞踊集団で、誰でも受け容れている。ところがすべて不合格。〈民族芸術〉のオーディションではあと一歩で受かりそうだったが、最後は小エビみたいな体つきのちびで、ブレンディという阿呆らしい粋がった名前の奴に座を奪われた。

　俺は少しのあいだ、ナポレオンが歌っているような、いわゆる燃えない生の薪みたいな、根を生やさない木みたいな暮らしを送った。フラカは俺が教養をつけるべきと判断し、国立大学の古典文献学と現代文学の講座に登録させた。最初のうちは大学生活が嫌で仕方なかったが、そのうち順応した。きっと柔軟な性格だからだと思う。父親になるからには、息子か娘に物語を聞かせてやれるようにならなくては、と俺は自分に言い聞かせた。成績をつけられたことがなかったから、いい学生だったかはわからないが、少なくとも読書の習慣は身についた。小説家は好きになれなかったが、何人かの詩人や、特にエッセイストはみんな好きになった。セニョール・ミシェル・ド・モンテーニュ、セニョール・ルソー、セニョール・チェスタトン、セニョーラ・ウルフ。だが何よりも愛読したのは古典だ。古典はどれも最初から最後までぜんぶ読んだ、誓ってもいい。俺のお気に入りはガイウス・スエトニウス・トランクィッルス、彼の『皇帝伝』は今も毎晩、寝る前に、神のお告げみたいに拝ませてもらってる。

ベッドに横たわると、毛布を胸までかけて、右手を枕の下に突っ込んでこの本を取り出す――カウボーイが枕の下から拳銃を取り出すみたいに、だがもう少しゆっくりと。それから目を閉じ、両手で本を持ち、顔の上で開き、ページをぱらぱらと振り落とす。それからゆっくり顔に近づけ、やがて鼻がページの端っこに届いて、そのときたまたま開いたページのあいだに滑り込む。そこが俺の読むページになる。俺はよく、ページの余白に、そこを読んだ日付とちょっとしたメモを書き残す。たとえば一九八五年八月十六日と記したページでは、「歳を取ったらオクタウィアヌス・アウグストゥスみたいになる」というメモ書きと、俺が読んだ以下のパラグラフに下線が引いてあった。

歯は細く、まばらで、虫歯だらけだった。（中略）両方の眉が鼻の上でつながり、耳はふつうの大きさ、鼻筋の通った鷲鼻で、肌は色黒でも色白でもなくその中間だった。（中略）伝えられるところによると、体はいろいろな種類の染みだらけだった——胸から腹部にかけて生まれつきの七つの痣が、ちょうど大熊座と同じ形状に散らばり、皮膚をかきむしる癖と入浴時に垢すりを多用していたせいで、まるで瘡蓋（かさぶた）のように分厚く固くなったところが無数にあった。……

一九八五年九月十九日、「エカテペック日報」で占星術師のフリアン・ヘルベルトが予言したとおり、メキシコ市を巨大地震が襲った。その数分後、シッダールタ・サンチェス・トスタードが生まれた。フラカが俺たちの息子につけた名前だ。昔から日本文化とビートルズが好きな俺としてはヨーコがよかった。でも生まれてきたのは男の子だったから、フラカの案を呑まざるを得なかったわけだ。俺たちはその名前で意見がまとまった。シッダールタは健康で、これといって何の特徴もない赤ん坊だった。生まれつき可愛らしいとは言えなかったが、醜くもなかった。コメントは以上。

　シッダールタがはいはいするようになり、フラカが産後の鬱からようやく脱したころ、俺は友だちのエル・ペロを夕飯に招待した。それは楽しい夜になった。二人で昔を懐かしく思い出していると、フラカがコーヒーを運んできて、エル・ペロが、俺の後任に雇われたあのお喋りな警備員ホーチミンと数日前に会ったと言い出した。酒場にいたホーチミンは、高級なスーツに身を包み、実にいい女を侍らせていたという。

どうやったんだろう？　と俺は尋ねた。

競売人になったのさ、とエル・ペロは言った。

それだけか？　と俺はコーヒーを苦労して飲み下しながら尋ねた。

エル・ペロはわけを話してくれた。俺が工場での仕事を辞めたあと、ホーチミンは工場長に頼み込んで、従業員の急なトラブルに備えて講習を受けることになったらしい。きっと俺みたいになりたくてそうしたんだと思う。ホーチミンは応急手当の講座にだけ通うことを許されたが、あの恥知らずのペテン師は空いた時間を利用して、メキシコ市のソナ・ロサのコリアンタウンにある競売人養成講座にもぐりこんだ。ひと月後、ホーチミンは工場での仕事を辞め、中古車のオークションをやり始めた。これがうまくいった。俺たち二人の収入を合わせてもかなわないくらい稼いでるよ、とエル・ペロは言った。

翌日、俺はまず地下鉄に乗ってコリアンタウンまで行き、オークションか、競売人か、なんでもいいからその種のことが書いてある看板を探して歩き回った。数時間かけた探索が徒労に終わり、腹が減って死にそうになったので、街で見かけた韓国料理店に入って、店特製のキムチを注文した。店の片隅では、亡霊みたいな若い男がギターを弾きながら、地下鉄のバルデラス駅で女を見失った男だかの、やけに耳に残る歌を歌っていた。

俺は新聞をめくり、決まった時間に食事をしなかったときに襲ってくるあの執念深い憂鬱をやり過ごそうとした。俺はそれまでに、とりわけダンスと演劇の業界からことごとく拒絶されて自己憐憫にひたっていた時期に、新聞を隅々まで読む癖をつけていた。他人の不幸や他人の幸運が、いつも俺自身のそれに対する客観的な視点を与えてくれた。俺はその日の新聞で、ある地元の作家が歯をすべて入れ替えたという記事を読んだ。この作家はどうやら、小説を一冊書いたおかげで、新しい差し歯の代金と高額な手術代をまかなえたらしい。小説だと！　俺には自分の未来がくっきりと見えた。その作家が本を書いて歯を治せたなら、きっと俺にもできるはずだ。いやむしろ、誰かに俺のために本を書かせるのだ。俺は記事を切り抜いて財布にしまった。今も肌身離さず、お守り代わりにしているよ。

前に言ったとおり、俺は運に恵まれた男だ。食事を終えてレストランの出口へ向かおうとしたそのとき、壁にテープで貼られた広告に目が留まった。丁寧な手書きの文字が俺の運命に告げていた。「競売術を習いましょう。成功を保証します。ユシミート・メソッド」。ウェイターが勘定をしているあいだ、俺はナプキンに住所を書きとめた。

競売術の短期集中入門講座は、ロンドン通りの日系‐韓国系の床屋〈ヘア・カリスマ〉の奥にある教室で、三時から九時まで、ひと月にわたり毎晩開かれた。日系人の先生はオクラホマ師匠と呼ばれていた。オクラホマで競売術を学んだからだ。本名はケンタ・ユシミート、洋名はカルロス・ユシミート。とても懐が深く、品位と個性があり、謙虚さの生きた模範だった。

俺は忠義を重んじる男だし、先生やこの仕事に対する敬意があるから、ここでオークションの秘術を明かすわけにはいかない。それでも、古典修辞学と離心率の数学理論の組み合わせに由来するユシミート・メソッドについて、ひとつだけ説明できることがある。オクラホマ師匠によると、競売術には四つのタイプがある。循環論法（円環の術）、省略法（楕円の術）、比喩法（放物線の術）、誇張法（双曲線の術）。どんなオークションがたどる筋道も、競売人による語りの奇矯さ、すなわち離心率（＝イプシロン）の相対的価値によって決まる。要するに、それぞれの円錐曲線が、与えられた円周（＝オークションにかけられる品）からどれだけずれてるかってことだ。数値の分類は次のとおり。

循環論法（円環の術）のイプシロンはゼロに等しい。
省略法（楕円の術）のイプシロンはゼロより大きいが一より小さい。
比喩法（放物線の術）のイプシロンは一に等しい。
誇張法（双曲線の術）のイプシロンは一より大きい。

そのうち俺は、オクラホマ師匠の競売術に従来とは異なるカテゴリーを考案し、追加することになる。ただし、それを実地に移すことになるのは何年もあとになってからだ。それは寓意法（寓意の術）といい、その離心率（イプシロン）は無限大で、条件付き変数にも材料変数にも左右されない。これは俺の師匠も認めてくれているはずだ。

俺たちの最初の顔合わせで、オクラホマ師匠は俺たちを前にして床屋の椅子に座り、比喩法（放物線の術）を披露すべく、ハサミをひとつ競売にかけた。師匠はそのハサミの起源について簡潔な話を手短かに語り、これを見事に売りさばいた。俺たちはみんなそこに、師匠の前に座り、ノートと鉛筆を手に、自分たちはあくまで受講生であり、いかなる種類の買い手集団でもないとはっきり自覚していた。なにしろ俺たちはすでに法外な授業料を払っていたのだから。ところが、いざ師匠がカウンターからハサミを取って語り始めると、ついに受講生のひとりセニョール・モラートが財布を取り出し、七百五十ペソを払ったのだ。

この世でいちばん大切なのは、とオクラホマ師匠はレッスンを終えるたびに言った。運命を定めることだ。師匠は感情を少しも表に出さずにかすかな笑みを浮かべて、俺たちの顔を見渡した。それから全員で目をつぶり、深呼吸しながら、日本語で一から八まで数えてレッスンは終了した。俺たちは師匠に恭しくお辞儀をし、生徒同士でも頭を下げ合って別れた。

俺には明確な目標、運命があった。あの作家が自分の本でそうしたように、自分も競売人になって歯を治してもらうのだ。もっと大事なことは、ますます太って嫌味になってきたフラカと別れるために歯を治すことだった。そのあとは別の誰か、たぶん受講生のうちいちばん可愛い三人、バネサか、マリアか、ベロニカのいずれかと結婚する。

フラカは意地の悪い女になっていた。トイレを汚すから座って小便しろと言う。鼾がうるさいから椅子で寝ろと言う。床に汗の染みがつくから裸足で歩くなと言う。勝負はついていた。なにしろフラカは扶養者、俺は被扶養者なのだ。彼女はカッとなると、俺のことを、たとえばブスタボとか、ゲスタボとか、挙句の果てにはゲシュタポとまで呼んだ。夜、眠れないとき、俺はよくバネサからタイガー、マリアからキング、ベロニカからハニーと呼ばれるところを夢見た。落ち着かず、一睡もできず、ベッドの上で寝返りを打ちながら——タイガー、キング、ハニー、タイガー——競売人としての輝かしい未来と、未来の俺の歯を思い浮かべた。

オクラホマ師匠の講座を粘り強く、思慮深く、規律正しくこなした結果、俺はめでたく奨学金を得て、アメリカのミズーリ競売人養成所で六か月の上級コースに進むことになった。みんなが欲しがったニュージャージー行きの奨学金は、ハサミを買ったセニョール・モラートが獲得した。恨んだりはしない。彼がもらって当然だったろうから。ミズーリ養成所のプログラムは家畜の競売に特化したもので、とんだ期待はずれだった。でも努力の甲斐はあった。アメリカから戻ったときには英語を流暢に話せるようになっていたからだ。寓意の術を考案し、それを練り上げたのもミズーリ滞在中のことだ。この術はもちろん俺の才能の産物なんだが、我らが偉大なるオークションの名人にしてカントリー歌手でもあるリロイ・ヴァン・ダイク、彼の日々の説教にもヒントを得ている。師匠の名前を口にするだけで、立ち上がって拍手したくなるよ。二人目のおじファン・サンチェス・ボードリヤールが昔よく、「アメリカ人にはアイデンティティがないかもしれないが、素晴らしい歯をしている」と言ってたが、俺はちっともそうは思わない。ヴァン・ダイク名人には確固たるアイデンティティがあったし、歯も素晴らしかった。

ヴァン・ダイク名人は競売人仲間への応援歌を作っている。その名も「オークショニア」って歌だ。アーカンソー生まれの少年が競売人になりたくて、住んでいた農場の厩舎で牛たちを前に毎日練習を始めるという歌詞だ。やがて息子に才能があると気づいた両親が少年を競売人養成所に送りこみ、そこで彼は一人前の競売人に成長する。

ヴァン・ダイク名人の歌「オークショニア」は俺のお気に入りの映画『俺にいくらの値をつける？』の主題歌でもあるんだが、俺はこれを聴きながら、寓意の術を細部まで構築し、磨き上げるのに必要なきっかけを得た。この仕事に穴があるのはわかっていた。俺が埋めるべき穴だ。舌を震わせ、次から次へと数字を並べたてる凄腕のオークショニアも、売りに出される品の価値を金勘定の面と感情の面で自在に操る達人も、実は、自分が扱っている品についてて何か聞くに値することを言えるような奴は一人もいない。交換価値を除けば、そんな品について何もわかっちゃいないか、興味もないからだ。かつてオクラホマ師匠が、諦めたような寂しい口調で口にした言葉、すなわち「我々競売人は、需要と供給の天国と地獄のあいだを行き来する雇われの伝令にすぎない」ということの意味がやっとわかった。だがこの俺が、競売の技術に変革を起こしてやる。俺の新たな技術をもって、「伝令」なんて言葉を競売史の彼方に葬り去ってやる。俺はただの卑しい物売りなんかじゃない。なによりも、いい物語の愛好家であり、コレクターなのだ。いい物語こそが、モノの価値を一変させる唯一のまっとうな方法なのだ。宣言は以上。

こうして俺は、野望に燃えて、新たな歯を獲得する道をいざ歩むべく、アメリカから帰国した。手始めにしたのは内輪のオークションを催すことだった。二つあったフラカの家具のひとつを売り払い、それで得た収益を、新しい自分用の家具代と、マンションの半年分の家賃に回すことができた。ありがたいことに、フラカとは二度と会わなかった。だがシッダールタとも何年も会えなくなった。胸の内側で何かがいつも死んでいるみたいだった。

俺は仕事に打ち込んだ。ポルタレス地区での家具のオークションから始めた。その後アンヘリカと出会った。クエルナバカで車のオークションをやった。エリカと知り合った。世界各地をますます旅して回るようになった。旅の最中、かなり手頃な価格で手に入れたいろいろな品を、コレクションとして集めるようになった。ヨーロッパ中でアンティークのオークションを催し、カリフォルニアでは土地の、サンパウロでは遺品のオークションを仕切った。オークションに次ぐオークション。エスターと知り合った——これから先も前立腺がだめになるまで大勢の女が出てくるが、もう女の名前を挙げるのはやめてオークションだけにしておく。俺は宝石、家、古美術、現代美術、ワイン、家畜、蔵書、麻薬取引から押収された途方もないお宝、なんでも競売にかけた。ハンマーをドンと叩いて、金持ちどもからだまし取った金でポケットを満たした。さあ次、さあ次、はい落札。

　でも俺に成金趣味はない。マイアミにマンションが十軒買えるほど稼いでいたとは思うが、結局、エカテペックの子供の頃からなじみの場所に土地を買うことに決めた。こうなると話は早く、すぐさま懐かしのディズニランディア通りにある隣り合う二つの土地を買った。祖国に投資するのは大切なことだよ。二つ合わせて数ヘクタールになったと思うが、俺はけちな男じゃないから、そんなしみったれた計算はしない。片側にはいくつか塔のついたカラフルな三階建ての家を建て、メキシコ人の多くが節税のために減らすであろう鉄筋は、増築に備えてじゅうぶん残しておいた。隣接する土地には倉庫を建て、そこにそれまでの人生で集めてきたコレクションを保管することにした。手前にはオークション会場を建てさせた。いつか吊り橋で二つの建物をつなぐつもりだった。もう設計図はできている。吊り橋ができた暁には、師匠に敬意を表して名づけたこのオクラホマ゠ヴァン・ダイク・オークションハウスを公式にお披露目するつもりだった。ただひとつ残ったのは、地元の町役場から土地使用許可証をもらうことで、いつ行っても「明日（マニャーナ）」としか返事がない。

　この話を終えるに当たって、俺が猛烈な訓練と競売人としての天性の才能のおかげで、自分とその故郷にもたらした恩恵についてくどくど並べる、なんてのは野暮なことだろう。以下のことは単に伝記的事実として記しておきたい。二〇〇〇年、ある週末に車のオークションをしにマイアミへ出張したとき、生まれてこのかた続いてきたあの屈辱との長きにわたる戦いに、ついに終止符が打たれたのだ。日曜の夜、三十七台のピックアップトラックを首尾よく売り払った謝礼に多額の小切手をもらったあと、競売人仲間とリトル・ハバナのカラオケバーまで密売遺品のオークションを見に行った。連中は前の晩にどうやら素敵そうなご婦人方と知り合いになり、そこで待ち合わせの約束をしていた。口説いてみる価値はあると連中は請け合った。日曜に「おいた」や商売をするのは俺の習慣に反したが、結局ついていくことにした。やってきた四人の女たちがむしろくたびれて見えたのは、俺にとって大いなる安らぎとなった。

オークションが始まったとき、俺の欲しそうなものはないと思った。売りにかけられた遺品は明らかに最低ランクの品だったからだ。アメリカの政治家だか誰だかの腕時計、キューバの誰も知らない富豪の葉巻、一九三〇年代にキューバに旅行したとかいう無名の毛深い小説家が書いた手紙。どれも小切手を切る気にはなれなかったが、そのときほとんど何の前触れもなく、あの小さきものに宿る神が、俺の前に楽園を差し出した。その楽園は高くついた。まさにそこで、リトル・ハバナのオークション会場の、日曜のあの孤独の淵で、俺は見つけたのだ。自分の新しい歯を。

競売人が高々と掲げた小ぶりのガラスケースのなかには、誰あろう、あのマリリン・モンローの聖なる歯が鎮座して俺を待っていた。そう、ハリウッドが誇る女神の歯だ。おそらく少し黄ばんでいたかもしれないが、それは女神が喫煙者だったからだろう。競売人が底値を提示すると、会場は緊張と不安に包まれた。何人かの、かつては美しかったのだろう女たちが、さらに俺たちと一緒にいたご婦人のひとりを含め、すでにその品に見入っていた。時代遅れの服を着た太った男がバーテーブルに札束をこれ見よがしに広げ、立ち上がって葉巻に火をつけた。俺たちをびびらせるつもりだったんだろう。だが俺はひるまず勝ちを収めた。その歯は――俺の歯は――俺のものになった。

　俺の落札までの駆け引きがあまりに見事だったので、ご婦人のひとり――四人のなかでいちばん不細工な、髪は脱色しすぎてドアマットみたいにごわごわ、頬はたるんだ記者――が、このオークションを記事にし、それが「マイアミ・サン」紙に掲載された。きっと彼女もあの歯が欲しくて、俺の勝利が妬ましかったに違いない、文章はそっけなく、事実は歪められていた。俺は別に気にしなかった。彼女は今に自分の間違いを認めて記事を撤回するだろう、こっちはこれからマリリン・モンローの歯で飯を食うんだ、と俺は思った。メキシコに戻るとすぐ、俺は口腔外科の世界的権威で、メキシコ市一の美容歯科クリニック兼蔵歯庫〈名匠（ミリョール・ファブロ）〉を経営する名医ドン・ルイス・フェリペ・ファブレに、銀幕のスターの歯を一本ずつ移植してもらった。抜いた古い歯は、見てくれのいい十本だけ、万が一に備えてとっておくことにした。

手術後の数か月は、文字どおり、にやにや笑いが止まらなかった。相手かまわず、このどこまでも続く新たな笑みのラインを見せびらかし、鏡やショーウィンドウの前を通って俺の姿がそこに映るたび、紳士風に帽子を持ち上げ、自分に微笑みかけた。俺のやせこけた無様な体つきも、地に足がつかないこの人生も、新しい歯のおかげで、落ち着きある自信を得たようだった。俺はツキだけは誰にも負けない、俺の人生はポエムだ、いつか俺の歯の自伝を素敵な物語にしてくれる誰かが現われると確信している。話は以上。

在一個人的頭上的每一個齒比鑽石更有價值。

人の歯はどれもダイヤより価値がある。

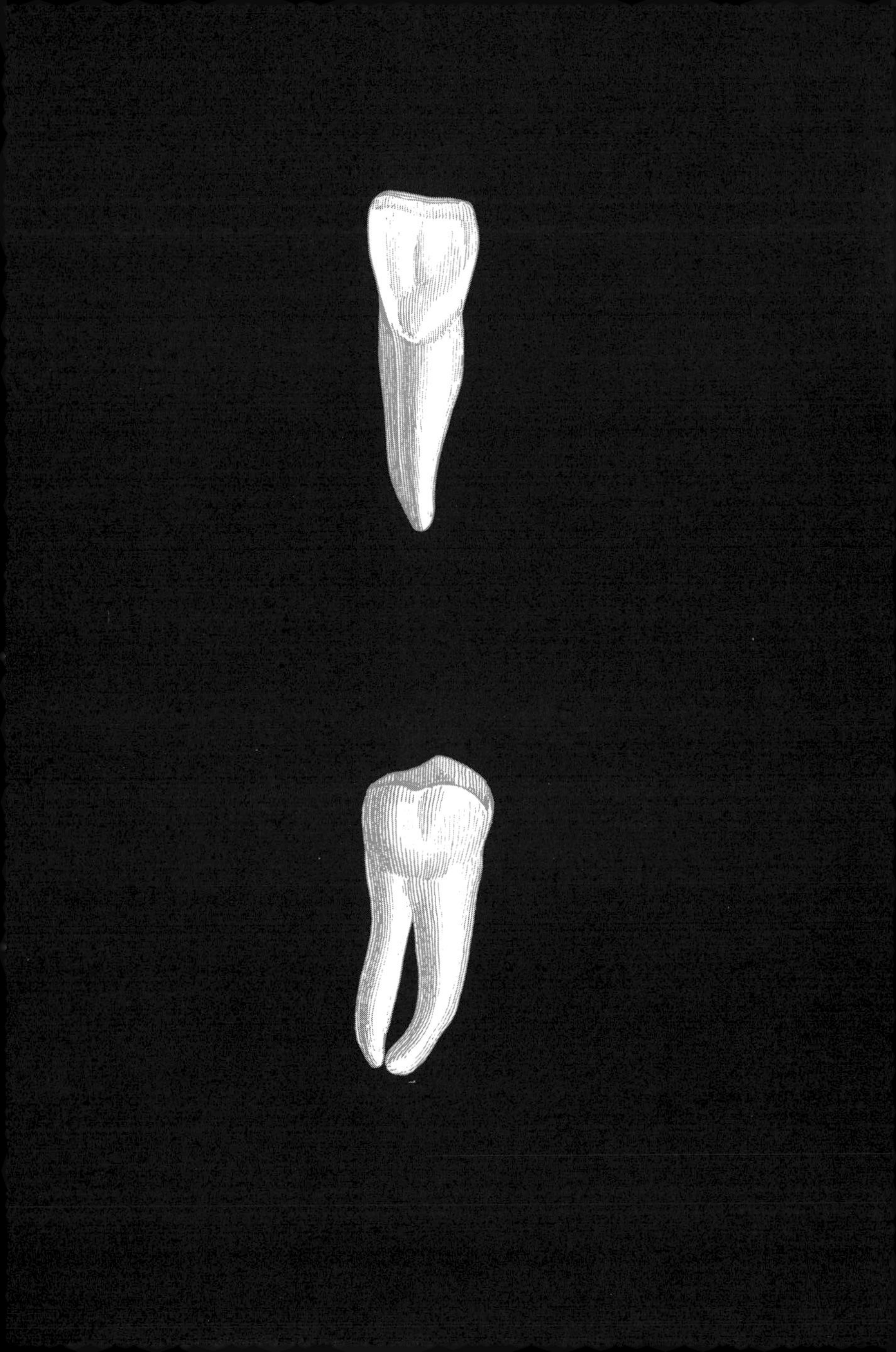

第二の書

誇張法

記号とその意味、そしてその指示対象との正則的な関係は、記号に対してひとつの特定の意味が対応し、その意味に対してひとつの特定の指示対象が対応するという構造になっているが、ひとつの指示対象（ひとつのモノ）に対応する記号は必ずしもひとつではない。

ゴットロープ・フレーゲ

二〇一一年、メキシコ人はいっせいにおかしくなった。誰もが他の誰もと戦争状態になり、敵意と恨みが——今にも惨劇が始まるという予感が——あらゆるものを覆った。俺が最後にオークションに呼ばれてからかなりの時間が経っていた。こうしたことは、メキシコ人がバケツに入ったカニに似て、足の引っ張り合いをするせいでもある。これ以上説明するまでもない。俺の技は衰え、用無しになっていた。旅に出るのもやめていた。というのも、もっぱらメキシコ人というのはあらゆるものを破壊するのに全力を注ぐ国民かもしれないが、俺は、メキシコが素晴らしい国であることに気づいたからだ。故郷以外で取るに足る場所を挙げるとすればパリだけだが、そうだとしても、カンペチェに比べたらパリが屁だってことは誰だって知っている。コメントは以上。

旅で金を無駄にするより、ここ数年は近所を歩いてたまたま見つけたり、地元の廃品置き場——なかなか素敵な場所で、そこの所有者で友人のホルヘ・イバルグエンゴイティアは常連の俺を特別扱いしてくれる——で見つけた物語や品々を集めてきた。海外の旅で集めた品と地元で集めたこれらの新しい品を合わせて、すでに相当な量のコレクションが出来上がっていた。俺にはわかっていた。いつかこの自宅で一大オークションを開き、これらの宝をそれにふさわしい特権的な、洗練された人々に、見る目のある人々につかませる。でもそれはすべてまだ先の話、俺は辛抱強い男なのだ。倉庫とオークション会場を結ぶ吊り橋は未完成、土地使用許可証も手に入らず、買い手たちを座らせる楽な椅子も買わねばならなかったし、なによりも俺のコレクションの目録をつくる人間を雇う必要があった。

ナポレオンが歌っているように、運に恵まれた男には雄鶏だって卵を産んでくれる。ある夏の日、聖アポロニア教会の司祭ルイジ・アマラ神父が俺に援助を申し出てきた。あるいはそう俺が思っただけかもしれない。聞けば、神父の教会は、世界恐慌のあおりで財政が苦しいという。神父は、俺の競売人としての腕前が至急必要だと言い、ある計画をもちかけてきた。これはお前さんにとっても——精神的な意味でも物質的な意味でも——大いに役立つだろう、と神父は請け合った。正直に言っておこう。実は俺も世界恐慌のあおりを食っていた。金が必要だった。ルイジ神父が、二人で力を合わせて俺のコレクションを教会でオークションにかければ得られると保証してくれた金が。

ルイジ神父の計画は単純だった。聖アポロニア教会は、月に一度、教区の〈静かなる黄昏〉だったか、あるいは〈甘美な黄昏〉か、もしかするとただの〈黄昏〉だったかもしれないが、たしかその種の気の滅入るありふれた名前の老人ホームで暮らす年寄りたちに奉仕活動をしていた。ちょうど次の日曜にその年寄り相手の月例ミサが行なわれる予定だった。ルイジ神父によれば、年寄りの大半は裕福な家の出だった。ご高齢だが支払い能力はある方々、と神父は言った。我々はミサの場と雰囲気を最大限に活用して、その方々からいくらかの金を集めるのだと。教会の資金を稼ぐために、俺のコレクションから厳選した品々を、耄碌してはいるが裕福な信徒たちに売りつけるのだ。分け前は俺が三〇パーセント、教会が七〇パーセント。

ルイジ神父が提供するのは教会という場所、そして——大変とはいえせいぜいが——数は多いがどいつもこいつも耄碌したよぼよぼの年寄りだらけの入札者を動員するだけ、それを思えば、最初のうち、この条件では不公平な気がした。こんな客たちが相手では、いいオークションになる可能性はゼロに近い。だが神父は俺に、お前さんがいるおかげで元気づけられる哀れな魂のことを考えてみなさい、それがお前さんのよき魂の救済になる、と忠告した。俺は地獄を信じてるわけじゃないが、備えあれば憂いなしって諺もある。それに、このオークションは誇張法すなわち双曲線の術でやる、状況を考えるとそれが最善だと言ったら、ルイジ神父は即座に賛同してくれた。

もちろんだ、ハイウェイ、と神父は言った。誇張とは聖霊の偉大なる御力を伝えるもっとも有効な手段なのだ。

俺は神父に、自分が言いたかったのは、与えられた品の円錐曲線からの離心率がゼロより大きくなるような物語を語るということなのだと説明した。言い換えると、偉大なるクインティリアヌスが我が誇張法を用いてかつて述べたように、俺は「真実を軽やかに越えることで」モノの価値を取り戻す。つまり、俺がその品について語る物語はすべて事実に基づいているが、その事実はときとして誇張されている、あるいは言い方を変えれば、より生き生きとしている。ところがルイジ神父は、彼のような職業の人間のご多分に洩れず、相手が自分の聞きたかったことそぐわない話をしたときは、往々にして耳を貸さない。

数日間、俺は高齢の客相手のオークションにもっともふさわしい品を考え続けた。倉庫内を歩き回り、メモを取り、そしてもちろん、ヒントを探して我がガイウス・スエトニウス・トランクィッルスの著作を紐解いた。こうして同じ作業を繰り返していたある日――思いがけない幸運だった――かつてジョン・レノンのものだった乳歯が売りに出されたオークションに関する記事を読んだ。ドット・ジャーレットとかいうレノン家の家政婦が半世紀ものあいだ後生大事にとっておいたのが、ついにオメガ・オークションハウスで売りに出されたのだ。オメガは一万六千ドルあたりでの落札を見積もっていたが、結果は三万二千ドルでの落札となった。天才の天才たるゆえんは、一をもって十を知ること。俺は我がコレクションのなかに俺の古い歯があったのを思い出した。俺だってもの知らずではない。自分の歯にジョン・レノンほどの価値がないことはわかっていたが、我が誇張法を正しく使えばその価値を高めることができるはずだった。スエトニウスが書いた伝記のスタイルで、歯のひとつひとつに俺のお気に入りの人物に関する誇張した真実の物語をかぶせていけばいい。なんといっても、クインティリアヌスが言うように、誇張法とは単に「様式と現実の関係における裂け目」にすぎないのだから。

俺はコレクションを提示して、ルイジ神父にこの案を説明した。神父は賛同してくれたが、俺の歯の素敵な細部やジョン・レノンの乳歯の話には大して興味を示さなかった。聖職者も含めてお上の人間はみなこうだ。自分たちのことで頭がいっぱいで、他人の人生にはまるで関心がない。

合意に至る前、疑問とためらいの最後の瞬間が訪れた。俺のコレクションのなかでもあれほど愛着を覚える品々を世間に晒すのは、そうたやすいことではないだろう。それに、いつか一大オークションを開くときのために、できればとっておきたい気持ちもあった。もちろん最後は受け容れた。俺は心の狭い男じゃない。それと、あるオークションに関する話を読んだ素晴らしく晴れ渡った夜のことを思い出したからでもある。紀元一九三年、ペルティナクス皇帝の死後、ひとりの近衛兵がローマ帝国をまるごと競売にかけた。運命の女神が目の前に差し出すささやかな挑戦を避けて通るなんて、歴史に照らしてみれば、不作法かつ無礼としか言いようがない。宣言は以上。

オークションの前日、使いの者が俺の歯のコレクションを教会へ運んでいった。俺の歯はあちらで一夜を過ごすのだ。翌日の早朝、ルイジ神父が迎えに来た。俺は気が動転していて、寝不足のせいで体が震えていた。満月のせいだろう、不眠症にかかり、朝まで眠れなかったのだ。ルイジ神父は俺の様子を、オークションが間近に迫り、不安にかられたしるしと思ったらしい。

道路に面する巨大な門をくぐろうとしたとき、緊張しているのか、と神父に尋ねられた。ちっとも、と俺は、両手をマラカスみたいに震わせながら答えた。

俺たちは無言で歩き続け、俺はその沈黙をどう解釈していいかわからず、話しかけないことにした。途中で腹が減ったので、俺たちはマガリータの屋台に寄ってイチゴ味のアトレを買い、発泡スチロールのカップをすすりながら歩き続けた。教会の外まで来たとき、ルイジ神父が——イチゴ味のアトレで口髭の先をピンクにして——さっきの話を蒸し返した。

まさか今になって尻ごみしたのではあるまいな？

人を見かけで判断しちゃいけませんよ、神父、こう見えて俺はタフな男なんです。

なあ、ハイウェイ、たしかに楽な仕事じゃあるまいよ、だが我々を取り巻く強欲な資本主義から信徒を救わねばならん、ただそのことを心に留めておいてほしい、いいな？　そうする間にお前さんの魂も清められるだろう。わかったかね？

了解です、神父。でもなぜそのことにこだわるんですか？

こだわってなどおらん。わしはただ、この方々はお前さんのことが見てみたくて期待に胸を膨らませているということをはっきりさせておきたいだけだ。お前さんはあんな象牙の塔暮らしだからひょっとして知らんのだろうが、もはや多くの人にとって、お前さんは生ける伝説なのだ。このあたりでお前さんを知らぬ者はない。

そいつは嬉しいお言葉ですね、神父。どうぞ続けて、もっとほめてくださいよ。

だが頭に入れておくべきこともあるぞ、ハイウェイ、必ずしもお前さんのことが大好きという者ばかりとは限らない。みんながお前さんのことを知っていて、なかにはお前さんを尊敬している者もいるが、そんなに好きではないという者もいるし、おそらくお前さんを憎んでいる者もいるかもしれない。

次はいやなことを聞かされそうな気がしていましたよ。憎んでるって、どんな奴です？

たとえばお前さんの息子だ。

シッダールタが来るんですか？

もちろんだ。

でも来るのは歯を買いたい金持ちの年寄りだけだっておっしゃったじゃないですか。そういう約束だ。

そうだ、だがシッダールタはお前さんが伝説のコレクションの一部を売りにかけると知って、その仕事ぶりを一目見たくなったのだ。お前さんに興味を持っておる。

お涙頂戴はごめんだな。

そんなことを言うと思っておったわ。

じゃあ、どう言えばよかったと？　俺は真面目な競売人だ。誰かの笑い者になるつもりはないですよ。

そうカッカするな、誰もそんなことは言っておらん。この教会の経営が傾いておることだけは忘れるな。

それならもう聞きましたよ。

ではもう準備万端だな、ハイウェイ？

俺はもう落ち着いてますよ、神父。

よろしい。

あの、もうひとついいですか、神父。『赤ずきんちゃん』の話を逆さに読むとどうなるか、ご存知ですか？

なんだって？

オークションの前には必ずやるんですよ、舌がほぐれて、顎の調子がよくなる。ちょっといっしょにやってみませんか？　気に入るかもしれない。

どうするのだ？

ちゃんかあきずんがりもをりとおけぬとうよたしとき、きなおおじゃらけむくのかみおおがわれあらたしま。

わかった、ハイウェイ、もういい。そのまま続けてよろしい。十時十五分になったら聖具室の入口から教会に入ってきなさい。ちょうどわしが最後の祈りを捧げておる。ミサは十時半に終わる。聖具室で若い見習い神父が待っているから、彼から契約書をもらってサインすること。ただの手続きだ。そのあと彼が説教壇まで案内するから、そこでオークションを始めるのだ。いいな？

合点承知ですよ、神父。

よろしい。

ねえ、神父、あいつはいい子なんですか？

誰がだ？　シッダールタかね？　あれは働き者だよ。

何の仕事をしてるんですか？

かつてのお前さんと同じ、警備員か何かをしておる。ただし、ジュース工場ではなく、工場に隣接するギャラリーでアートキュレーターという仕事をしているようだ。

俺とは大違いだ！　親父が言ってたとおり、どうやら遺伝学には神様が大勢いらっしゃるみたいだな。

とにかく、もう時間がない、わしは先に教会に入って準備をせねばならん。いいな？

最後にひとつだけいいですかね、神父？

いいとも。

あの、失礼は重々承知で、悪気はないんですがね、口髭がアトレでピンク色に染まってますよ。

ルイジ神父は司祭服の端で口髭と顎鬚を拭いながら、アーチ型の扉をくぐって消えていった。俺は十時十五分になるまで、教会前のひと気のない広場をぐるぐる歩き回りながら、『赤ずきんちゃん』の物語の逆さヴァージョンを暗唱し続けた。ちゃんかあきずん、うきょはこどへくいんだい？　りもにるあばあおんさのえいにくいの。

教会の入口へぽつぽつと連れ立って入っていく信徒たちのなかに、ふとシッダールタの顔が見えた。俺そっくりの若者になっていた。フラカを捨てて以来、一度も会っていなかった。あの性悪女が会わせてくれなかったのだ。でも親としての義務を果たさなかったわけじゃない。毎月のように養育費として小切手を送り続けた――息子が十八になった時点で、これ以上は必要あるまいと考えて打ち切るまで。

シッダールタが教会に入っていくのを横目で追っているうちに、不安の発作に襲われているような気がしてきた。手のひらに冷や汗がにじみ、股間から尻のあたりがぶるぶる震え、おしっこをするか、今にも尻尾を巻いて逃げ出したくなった。我が子を目の当たりにしてこんなに動揺するとはどういうことだ？　俺は一段高くなった花壇のへりに腰かけて師匠たちの顔を思い浮かべた。カルロス・ケンタ・ユシミート師匠、そして天下無双のリロイ・ヴァン・ダイク名人。俺は正真正銘の弟子だ、と自分に言い聞かせ、深呼吸をした。れおはしんしょうめいしょうの弟子だ、ともう一度声に出した。俺は天下無双のハイウェイ様だ。ウェイハイ様なんだ！　俺は世界一の競売人だ、悪い父親じゃなかった、ラムを二杯引っかければジャニス・ジョプリンの物真似ができる、コロンブスみたいに卵をまっすぐ立てられる、仰向けになって水に浮かぶことができる。オクラホマ師匠はハサミをオークションにかけた。近衛兵はローマ帝国をまるごと競売にかけた。誰が見てもその高貴な血統につらなる俺のことだ、あの大事な歯だってきっとオークションにかけてやる。イチ、ニ、サン、シ、ゴ、ロク、シチ、ハチ、きなおおじゃらけむくのかみおおはりものかちいうほのちみをばあおんさのえいにてっかむしはりしだ……てしそちゃんかあきずんをりごくとみのでんこいましたしま！

聖具室で待っていたのは、背の高い、偉そうな、痩せた見習い神父で、名前をエミリアーノ・モンへといった。契約書をよこしてサインをお願いしたいと言う。契約書の細かい内容を確かめもせずに一枚ずつサインをしたあと、ペンを指でくるくる回していると、偉そうな見習い神父がまたやってきて、さあどうぞ、と手招きした。

教会は人で溢れかえっていて、きついタルカムパウダーの臭いが鼻をついた。歳をとると赤ん坊のころみたいにタルカムパウダーをつけるようになるんだろう。聖具室を出て説教壇に向かうあいだ、右手をかざして場内をじっくり見渡したが、つめかけた客からシッダールタの顔を見分けることはできなかった。そのころまでに俺はシッダールタの顔が無性に見たくなっていた。あいつにも俺を見てもらいたい、あいつを感心させてやりたい、そんな気持ちになっていた。ためらいながら壇上にのぼると、説教壇の裏に置かれたアルミ製の長いテーブルに、俺の歯のコレクションが並んでいた。俺は悲しい気持ちでそれに背を向けた。ルイジ神父が近づいてきて俺の肩に腕を回すと、まるでサッカーの監督みたいな口調で俺の耳元に囁いた。さあ本番だぞ、目にもの見せてやれ！

俺は大きく息を吸ってから切り出した。聖アポロニア教会の親愛なる信徒の皆さん、今日のこの集いには皆さんの寛大なお心、ご意志、ご協力がぜひとも必要です。ところが、これが引退した政治家みたいな口調になってしまった。そこで、客席に向かってにっこりと歯を見せて笑い、声に抑揚をつけ、熱く語りかけることにしてみた。今日ここにお持ちしたのはとんでもない値打ち物だ。これらの品のひとつひとつに、ささやかな教訓に満ちた物語がある。ぜんぶ聞けば、聖書のもっとも重要な知恵のひとつ「目には目を、歯には歯を」の真の意味を思い出すだろう。あの有名な格言は、一般に信じられているように、復讐を呼びかけるものではなく、モノの細部こそ大切にせよとの教えなのだ。神は歯という細部にこそ宿る。

俺は間をとって拍手を待った。ところが聴衆は黙ったまま、牛みたいに静かな疑いの眼差して俺を見つめている。

俺は集中力をなんとか保ち、声を少し大きくして続けた。ここにある歯の元の持ち主は、揃いも揃って、社会の寄生虫、ろくでなし、ごくつぶしと見なされていた。その多くは認知症、誇大妄想狂、書字狂、鬱病、色情狂、極端な自己中心主義者だった。しかしそうしたあらゆる後ろ向きの性格にもかかわらず、彼らは深遠な魂と素晴らしい歯の持ち主でもあったのだ。あるいは、俺のおじ、ミゲル・サンチェス・フーコーが別のこととの関連で述べた言葉を借りるなら、これらの男女は「特異な生、如何なる偶然によってなのか私にもわからないままに、不思議な詩になりおおせた人生」だった。こうしてひとつのコレクションと見なせば、これらの忌まわしい連中の歯は、オークションの専門用語でいうところの「換喩的遺物」だといえる。ある種の品は、正しく用いれば、その力を我々にも分けてくれる。たとえ迷信深くなくともわかることだ。

俺はやりすぎないよう自分を極力おさえた。クインティリアヌスがほのめかしているように、誇張法を用いる際は「ある種の節度を保たねばならない。というのも、誇張というのは何であれ信じがたいものだが、決して行き過ぎてはならないからだ。そうでなければ作家はたやすく不協和音（カコフォニー）に、あるいは度を越した見せかけという罠に陥ってしまう」のだ。

これから皆さんに、ここにあるすべての歯にまつわるめくるめく物語をお聞かせしよう。そして願わくばその買い手になっていただき、家に持ち帰ってご使用いただくか、あるいは未来永劫、ただ大切にお持ちいただきたい。さもなければ——俺は語気をやや強めて脅し気味に続けた——このオークションが終わってもこれらの遺物に買い手がつかなかった場合、外国人の手に渡ってしまう。それだけは避けたいところだ、僅かばかりの貴重な品をよそ者に持っていかれるなんて。

最後のはまるで根拠のない発言だったが、これで、ラサロ・カルデナスを信奉し、メキシコの国家再建を夢見る社会主義者の老人たちの心をがっちりつかみ始めたことがわかった。俺は小難しい話は抜きにして、斜め後ろを振り返り、俺の歯のコレクションが並ぶテーブルへ近づいて、最初の品を手に取り、デルフォイの神託を告げる恍惚状態の巫女みたいにそれを恭しく掲げて説教壇に戻ると、この商売で最高の天才だけに可能な技と魅力を駆使して、いよいよ話術の披露に取りかかった。

誇張法——ロットナンバー1

我らがロットナンバー1にはやや傷みがある。だがこの年代のものとしては、全体としてまずまずどころか、むしろきわめて良好な状態とさえ言えるかもしれない。歯先の著しい平板化を見ると、元の持ち主セニョール・プラトンは絶え間なく喋り、絶え間なく食べていたものと思われる。身長一メートル六十五センチ、横幅八十五センチ、中背ながら頑丈で、レスラー並みの体格をしていた。栗色の顎鬚をもじゃもじゃと生やし、頭にも同じような色と手触りの髪が生えていた。セニョール・プラトンは当時の伝統的なファッションをこれ見よがしに着こなし、ベルトも巻かずにトーガをだらりと羽織っていた。サンダルも履かなかった。

　セニョール・プラトンはかつて、恋愛を歯が生える時期になぞらえたことがある。「この状態に陥ると、人の魂は興奮と苛立ちとで沸き立つ。そして、翼がまさに生え始めたこの魂は、歯茎が腫れ出して初めて生える歯に力をなくした子どもに似ている」。素敵な表現だね、そう思わないかい？

　俺は演出効果をねらって少し間を置いた。教会の正面の縦に長い入口から朝の冷気が入りこみ始めていた。天から一筋の光が差して説教壇をまばゆく照らしているような気がした。目を上げてすぐ、あの見習い神父のモンへが側壁の欄干からスポットライトを当てているのに気がついた。神々しい光なんかじゃなかったわけだが、そうだとしても、俺はやる気が湧いてきた。俺は息を吸った。さあて紳士淑女の皆さん、我らが最初の悪党の穴ぼこだらけの歯に、最初の値をつけるのはどなたかな？

教会の奥のほうからおずおずと手が挙がった。千ペソ。続いてもう少し活きのいい手が挙がった。千五百ペソ。そして次から次に手が挙がった。結局五千ペソまでつり上がった。試運転にしてはまずまずの出来だ。落札したのは着飾った小柄なばあさんだった。クインティリアヌスは、「人は誰でも目の前に現われたものを崇めるか軽視する性向がある。誰しも純然たる真実に満足することはないのだ」と言っている。俺のコレクションでも特にすり減った歯にあんな高値がついたのも、きっとそれが理由なのだ。俺は咳払いをしてから二人目の悪党に取りかかった。

誇張法――ロットナンバー2

この歯の持ち主は北アフリカ生まれ、中背で腕はひょろ長く、なめらかな肌の男だった。黒人だったか白人だったかは議論が分かれるところ。俺が思うに間違いなく黒人だった。男の名前はヒッポのアウグスティヌス、頭のてっぺんは火山の噴火口みたいに禿げていた。この人間火山の噴火口を覗くことができたなら、きっとそこに見えるのは、母なる自然と父なる神が結びついて生み出したもっとも入り組んだ迷宮のような記憶だろう。今日我々の目の前にあるまさにこの歯が下の出口となっていたその驚異的な記憶は、セニョール・アウグスティヌスその人がかつて、開かれた無限の野になぞらえたが、感覚を通じて入ってくるあらゆるイメージの複製が、そのさまざまなヴァリエーションとともに蓄積されていた。そこにあったのはまさしく世の森羅万象だった。数学の無名数、彼自身の若いころの偽りの記憶と真実の記憶、さらに遠くの果てには、忘れていそうで実際はそうではないあらゆるものがあった。

歯冠にあるこの穴が見えるかな？　もしこの穴から入って、歯が根を下ろしている頭蓋骨と口とを結ぶ迷宮じみた経路をさかのぼることができたなら、脳のもっとも奥にある部屋のひとつにこんな記憶が見つかるだろう。弁論術を学ぶ若き学生――もちろんアウグスティヌスその人だ――若者は奥歯の激痛に苦しみ抜いている。まわりには家族や友人たちがいて、みんな彼がもうじき死ぬと思い込んでいる。痛みが激しすぎて、口を開けて苦しみを伝えることすらできなくなっているからだ。やがて彼は力を振り絞り、蠟板に「僕の回復を祈ってくれ」と書き記す。友人たちと家族が祈ると、若者の歯は治る。奇跡だ。このときアウグスティヌスは神に一生を捧げることを決める。数年後に書き始める一冊の本、かの有名な『告白録』を通じて。そのとおり、この御仁は、歯痛のおかげであの偉大な『告白録』を書けたのだ。さて、ヒッポのアウグスティヌスの記念すべき歯に、最初の値をつけるのはどなたかな？

何人かの信徒が興味を示した。最初は五百ペソがついた。次の男は、このあいだ痴呆症と診断されたと言い立てて俺の情けに訴え、それより少ない額で歯を欲しがった。ところが信徒席の同じ列にいた仲間たちがすぐさまそいつを黙らせて、お前だけが特別なわけじゃないと言って無理やり座らせた。ひととおり値がついたところで、アウグスティヌスの歯は、フクロウみたいな顔と体つきの詩人のご婦人に三千ペソで競り落とされた。俺は背後のテーブルから三つ目の歯を取って説教壇に戻った。

誇張法――ロットナンバー3

この品の持ち主は、均整のとれた体つきの、悪名高いハンサムな顔の傑物だった。洗礼名はフランチェスコ・ペトラッコだが、ペトラルカの名で通っていた。きっとこっちのほうが風格があるからだと思う。彼は詩人で作詞家だった。そういう人種のご多聞に洩れず、怠け者で、気まぐれで、軟弱だったが、腕は確かだった。

数年前、科学者のグループが彼の墓を発掘した。天下のイタリア政府が、没後七百年に合わせて、詩人の頭部を正確で文句のつけようがない形で再現したいと願ったのだ。頭蓋骨を復元した科学者たちは、遺骨はかなりの確率で女性のものではないかと考えた。科学者たちは肋骨と門歯もＤＮＡ鑑定させた。数日後、リーダーのカラメリ博士が、鑑定結果は我々の推測を裏付けるものだった、頭骨は「出所が怪しい」と発表した。本物の頭骨の遺失については、十七世紀の貧しい司祭で——ついでに言うとアル中を宣告された——トマッソ・マルティネッリとかいう神父のせいにされた。さらなる証拠もないまま、マルティネッリ神父はワインを数樽買うためにペトラルカの美しい頭骨を数人の買い手に売り払った廉で有罪を宣告された。イタリアの政治家が誰一人として思いつかなかったのは、墓のなかの遺骸が別人のもので、頭骨はセニョール・ペトラルカ本人のものかもしれないという可能性だった。

断言してもいい、これはペトラルカの歯の一本だ。ひとつの動かぬ証拠は、この歯がペトラルカの性格をそっくり映し出しているという事実だ。歯とはまさしく魂の窓。歯は、人のあらゆる悪徳とあらゆる功徳を刻む真っ白な板（タブラ・ラサ）だ。セニョール・ペトラルカは怒りっぽく、鋭い知性の持ち主で、性の快楽に目がなかった。発情した犬みたいに淫乱な男だった。この犬歯の長さをご覧になれば一目瞭然だろう。かつてペトラッコは聖クララ教会の入口で目撃されていたらしく、未亡人、独身女性、既婚女性がひっきりなしにやってきては、聖クララ教会の聖母マリアに自分の魂を委ねに入っていくのを、いやらしい目つきで、一日中じっと見つめていたそうだ。この御仁はまさしく根っからの女たらしってやつだ。なれなれしいことを口にしたり、自作の卑猥な歌を歌ったり、女たちの足首や襟首をじろじろ眺めまわした。何年もの間、ユーグ・ド・サド伯爵夫人で、慎ましやかな美女ロール・ド・ノーヴに言い寄っていた。もちろん貞淑な貴婦人の気を惹くには至らなかった。

この悪名高い男には私的な手紙を書く習慣があったことも知られている。相手は明らかに架空の人物か、さもなければ、誰が見てもすでに死んでいる人物だった。セニョール・ペトラルカはこの悪魔的行為の産物を「私信」とか「老人ぼけ書簡」とか呼んでいた。俺としては「私の」より「老人ぼけ」のほうがふさわしいと思う。いや、「認知症」と言ったほうがいい、ここにお並びの皆さん方に失礼だ。彼は死者に宛てて認知症の手紙を書いていた。ペトラルカは書いた手紙をすべて保管していた。合わせて百二十八通の老人ぼけ書簡と三百五十通の私信を書きためた。彼は大胆なコレクターにして、愚かなほどはた迷惑な怠け者で——そして卓越した才能の持ち主だった。彼の不品行と天才の深さは他に類を見ないものだから、今回は最低価格を高くせざるを得ない。では千五百ペソを出せる方はいるかな?

ほとんど禿げ上がった頭の、とても細い首と、貯金箱みたいにぽっちゃりした顔の男が千六百ペソを提示した。その金額を大声で叫ぼうとして開けた口のなかに、歯が一本もないことに俺は気づいた。他には誰も手を挙げる者はいなかった。俺の犬歯は千六百ペソで落札された。俺のコレクションの並ぶテーブルのそばで地獄の番犬ケルベロスみたいに立っていたルイジ神父が、四つ目の品を差し出した。神父は片方の眉を上げて、さあ続けろ、と合図を送ってきた。

誇張法――ロットナンバー4

今度の品は、持ち運びできる口腔コレクションの市場で、何年にもわたっていちばん人気の高かったひとつだ。その持ち主は、ちびでどっしりした体つき、団子鼻で、豚の尻みたいな額をしていた。この小人の悪党は、途方もない誇大妄想狂だった。彼は一度ならずこんなことを言っている。「私は他のどのテーマよりも私自身について研究している。私は私の物理学、私の形而上学なのだ」。身長はわずか百四十七センチ。髪の毛はまばらでほつれていたが、その思考は豊かで強靭だった。

この歯の元の持ち主セニョール・モンテーニュは、穏やかで誠実な目をしていた。その顔つきは憂鬱と陽気の中間あたりという表情だった。ところが、日々の活動では、これが笑ってしまうほど不器用な男だった。書いた文字は判読不可能で、手紙を二つに折りたたむことも満足にできず、馬の鞍のかけ方も狩猟用の鷹の扱い方も知らず、犬を手なずけることも、馬と心を通わすこともできなかった。いわばある種の役立たずに思えるだろう。役立たずではあったけれど、何度もぶり返す扁桃炎を除き、歯の健康状態はいたって良好だった。魚も含めてほぼ生の肉を好んで食べた。メロンを除いて果物や野菜は嫌いだった。きっとそのせいだろう、この歯の状態は実に良好だ。そのうえ歯質も素晴らしい。細くて、なめらかで、わずかに尖っている。歯を長持ちさせるコツだって？　セニョール・モンテーニュはこう言っていた。《ジェ・アプラン・デ・ランファンス・ア・レ・フロテ・ドゥ・マ・セルヴィエットゥ、エ・ル・マタン、エ・ア・ラントレ・エ・イスュ・ドゥ・ラ・ターブル》。幼いころから毎朝、そして夕食の前後に、ナプキンで歯を磨く習慣を身につけていたと。さあ、このセニョール・モンテーニュの超美しい歯、最初の値をつけるのはいったいどなたかな？

買い手たちのあいだで、にわかに興奮の波が広がった。俺はこのお気に入りの品を六千ペソで売却した。落札したのは、地中海人風の体型をした記憶に残らない顔のばあさんだった。地中海系の女は、五十を越すと、どうしてあんな寸胴になっちまうんだろう。

この品のオークションが終わるころには、自分がヨハネ・パウロ二世になったような気がし始めていた。つめかけた大群衆に片手を振りながら満員のスタジアムに入っていく自分の姿を思い浮かべた。ムッソリーニも、マドンナも、マラドーナも、スティングも、ボノも、レノンも、そしてあのリロイ・ヴァン・ダイク名人すらも俺を羨んだろう。俺はついにシッダールタの姿を見つけた。息子は教会のいちばん奥の信徒席に座っていた。俺は発奮し、間を置かずに、次の品に取りかかった。

誇張法——ロットナンバー5

セニョール・ルソーの歯で現存するのはわずかひとつ、これが最高の一本ときた！　この愛すべき悪党は貴族的な顔立ちをしていて、そこに浮かぶ表情は、細部まで油断のない暴君のような意識で抑制されていた。目は表情豊かでよく動いたが、その眼差しは威圧的ではなかった。卓越した知性にもかかわらず、ユーモアのセンスは子どもじみていた。彼は人間の、とりわけ自身の善良な性質を熱烈に信奉していた。この御仁はかなりのなで肩だったので、肩パッドを装着していた。しかしながら、ない肩の代わりに、男らしい顎をしていた。がっしりして、四角く、真ん中が軽く割れた顎。この顎に、世界には永遠に見せることのない歯があった。あまりに醜い歯並びだったので、こっそりとでもそれを見せることはなかった。化け物みたいに醜い歯並びに自分でも気づいていたのだ。セニョール・ルソーはプルタルコスの愛読者で、彼の本からいくつかの美徳と数多くの悪徳を学んだ。プルタルコスは『対比列伝』で、高級娼婦フローラは愛人のポンペイウスと別れるときには必ず、相手に唇を噛ませて歯の跡をつけさせていたと書いている。これを読んでからというもの、セニョール・ジャン゠ジャックも、愛人たちと別れるときには自分を噛ませる習慣を身につけた。でも、彼が噛み返すことは決してなかった。というのも、彼の言うとおり、その歯並びは《エプヴァンターブル》、すなわちぞっとするほど恐ろしかったからだ。これは決して誇張ではなかった。

ルソーの歯が一本しか残っていないのは、衛生上の習慣のせいではない。彼はきちんとした人間だったが、運が悪かった。セニョール・ルソーは人生のかなりの部分を散歩に費やしていた。このごくつぶしは、人類の幸福が自分の脚にかかっているかのごとくに歩きまくった。ある日、散歩に出かけた彼は、一匹の犬に襲われた。どうやらその犬は彼のもとへ一目散に駆けてきて、しばし脚にじゃれついたらしい。我らが悪党は道沿いの溝に頭から飛び込み、歯を一本折った。それがまさに今日ここにある一本だと思われる。あまりに醜い歯で、記念碑にしてもいいくらいだ。特にこの歯は、飾り板にでも入れてやれば、天窓に続く螺旋階段みたいに見えるはず。さて、ルソーのこのただひとつの身の毛もよだつ歯に、最初の値をつけるのはどなたかな？

人は、たとえそのつもりがなくとも、邪悪で下劣になるものだ。これまで以上に激しい競りになったのは、ただあのぼろぼろの歯を自分の目で確かめたいがためだったのだと思う。白熱した競りの末に七千五百ペソで落札したのは、外国訛りの、完璧な歯並びだが謎めいた笑みを浮かべた男だった。

誇張法——ロットナンバー6

こんなに突き出た下顎の持ち主はいたためしがない。セニョール・チャールズ・ラムはかくも顎が突き出ていたものだから、口を常に半開きにしていなければならなかった。さもないと、犬歯が舌や上唇に擦れて口内炎や潰瘍を引き起こし、壮絶な痛みをもたらすからだ。セニョール・ラムが書き残した著作はすべて——膨大な量で傑作揃い——この苦痛をもたらす歯並びの産物であると想像してもまんざら的外れではないだろう。彼は子どもみたいな吃音症だったが、その文体も吃音じみている。友人のワーズワースに一度こんな吃音じみた手紙を書き送っている。「いまもぎざぎざの歯の先が舌をちくちく刺す、舌を動かそうにも歯が邪魔で仕方ない、まったくよくやるよ、また舌に擦れている、舌がウロボロスみたいに自分で自分を刺しているみたいだ、歯茎の内側も外側も歯が擦れて痛い、舌と歯、歯と舌、ちくちくちくちくちく、そうしている間にも請求書を支払って、なんだか口全体が硫黄みたいに熱くなってきたぞ」。

ラムの吃音症の歯に八百ペソから！　さあどなたか！　さあどんどん値をつけて！

誰の手も挙がらなかったので、俺は次の品に取りかかった。

誇張法——ロットナンバー7

ここに取り出したのは、ろくでなしの怠け者の極み、セニョール・G・K・チェスタトンの歯だ。身長百八十センチ、体重百四十キロ。安物のワインを寝かせる樽みたいな体型。でっぷりとした二重顎が襟に垂れ下がり、膨れた頬、眉間をしかめるあまり落ちくぼんで見えなくなった目。彼にはミルクをがぶ飲みする習慣があった。

歯は嘆かわしい状態かもしれないが、真の意味でカリスマ的だ。この歯がぼろぼろなのは、セニョール・チェスタトンが公言していたビー玉を嚙む癖によるものだと考えられている。暗記しているから引用しておこう。「石をパン代わりにするのは正しい。しかし地理学博物館には貴重な深紅の大理石や、青や緑の石の破片が陳列されていて、あれを見るにつけ、我が歯がもっと丈夫であればと願わざるを得ない」。

俺が特に好きなこの御仁についての逸話がひとつある。彼はある日、茶色の画用紙にチョークで絵を描くというただひとつの揺るぎない意志を秘め、おそらくビー玉をかじりながら家を出た。ポケットに数種類の明るい色のチョークを入れ、小脇に茶色の画用紙を何枚か抱え、帽子とステッキと上着を身につけて、周囲の世界を描きに出かけた。そしてこのカバみたいな怠け者がのどかな田園地帯の草地まで来たとき、一頭の牧牛がもぐもぐ草を食みながら近寄ってきた。ちなみに牛というのは動物界で二番目に愚かな生き物だ。一番目は言うまでもなくキリン、三番目はオーストラリアのカンガルー。

セニョール・チェスタトンは、一度か二度、努めて冷静に牛の絵をチョークで描こうとしたが、自らの画才が牛の後ろ脚が始まるところまでしか届かないことにすぐに気づいた。チョークを歯で食いしばり、しばし考えてから、その牛の哺乳類としての外見ではなく魂を描くことに決めた。彼は紫の下地を塗り、銀色を重ね塗りした。話は以上。さてどなたが最初の値をつけるかな？

長い沈黙が訪れた。

さてどなたが最初の値をつけるかな？　と俺は繰り返した。

怠け者の歯は、たったの二千五百ペソで落札された。

誇張法──ロットナンバー8

痛めつけられた歯というものがある。セニョーラ・ヴァージニア・ウルフのものだったこの歯がいい例だ。彼女は三十歳になる直前、精神科医から、あなたの心の病は歯根に寄生するバクテリアの増殖が原因だと言われた。精神科医は彼女の特にひどい歯を三本抜かせることに決めた。効き目はなかった。彼女はその後の人生を通じてもう何本か歯を抜いたが、何も変わらなかった。まったくもって効果ゼロ。セニョーラ・ウルフは口腔内にいくつもの義歯をはめた姿で自ら命を絶った。知人たちは葬儀の場で初めて彼女の笑顔を見た。居間の真ん中で半開きになった棺に横たわる死んだ彼女の唇に笑みが広がり、そのほっそりした知的な顔を一瞬輝かせたという。この痛めつけられた歯は八千ペソから始めよう。さあ、どなたか。

重たい沈黙のあと、頑固そうだが立派な顔をした年配の男が八千九百ペソで落札した。説教壇の傾いた台にハンマーを叩きつけて「落札」の一言を最後に決めた瞬間、信徒たちのあいだから、カアカア、と鳥の鳴く声が聞こえた。

黙れ、ハシント、と、すぐに誰かが怒鳴った。

しかしまた鳴き声がした。そのとき、信徒席の三列目のベンチの上にちんちくりんの男が立っているのが見えた。男は帽子を取り、どこか離れた内部の場所から俺のことをじっと見つめると、ゆっくり口を開いてもう一度、カアカア、と鳴いた。大勢の観客がいっせいにざわつき出した。

黙って座るんだ、ハシント、と、先ほどの声がまた言った。

何人もの声が、そうだそうだ、と後押しした。ところがその男は止めようとするホームの仲間たちの命令にまるで従わないから、俺は説教壇にいる立場を利用して、皆さん、最後までやらせておやりなさい、と言った。男はまた、今度は前よりずっと大きな声で自信に満ちて、カアカア、と鳴いた。ざわめきが静まった。すると男は、プロのバレエダンサーみたいに優美に両腕を左右に肩の高さまで上げると、カアカア、カアカア、と鳴くのをやめずに両腕をゆっくり羽ばたかせ始めた。俺は涙もろい性格じゃないが、このときばかりは悲しみの塊が喉元までこみ上げてきた。その年老いた信徒の羽ばたきの真似には、悲しくも美しい何かがあった。

　鳥の真似を終えると、男はまた信徒席のベンチに腰かけて、帽子をかぶった。途切れてしまった誇張法を再開させるのは一苦労だった。教区教会の信徒席に座ったあの年寄りが信じがたい羽ばたきの真似をしたおかげで一時的に中断していたあいだ、俺は何かに心を打たれていた。

誇張法――ロットナンバー9

紳士淑女の皆さん、残る品はあと二つだ。まずは神秘的な憂いを帯びたこの品。歯そのものはワニみたいだが、放つオーラはまるで天使のようだ。歯のカーブにご注目。羽ばたく翼みたいじゃないか。この歯の元の持ち主は中背のセニョール・ホルへ・フランシスコ・イシドロ・ルイス・ボルヘス。短く細い両脚が、頑丈な細身の胴を支えていた。頭は小さなココナッツほどの大きさで、細くてしなやかな首をしていた。彼は汎神論者だった。きょろきょろとよく動く目はものが見えず、陽の光すら感知できなかったが、美しい見事な着想という別の光をいつだって受け止めた。まるで暗闇のなかで形容詞を探るような、ゆっくりとした話し方をした。さあ、いくらから行こうか？

まったくもって残念なことに、ボルヘスの愁いを帯びた歯には、たったの二千五百ペソしか値がつかなかった。

誇張法——ロットナンバー10

紳士淑女の皆さん、本日最後のコレクションの品は、一本の奥歯だ。元の持ち主は今なおこの地上を、神話の生き物みたいに無駄のない動きで、永久に死なない亡霊みたいにふわふわと歩き回っている。この歯はセニョール・エンリーケ・ビラ＝マタスのものだったが、実は存在する前から、すでに書かれていた。わけを説明しよう。件のセニョール・ビラ＝マタスは、あるとき眠っている間に奥歯が一本抜け落ちる夢を見た。すると寝室のドアからレーモン・ルーセルという名前の男が入ってきて、上級曹長みたいに号令を飛ばして彼を起こし、彼の食習慣についてひととおり理不尽なアドバイスをした。レーモン・ルーセルは、寝室から出ていく前に、シーツのあいだに挟まっていた歯を拾い上げ、上着のポケットにしまった。

翌朝、セニョール・ビラ＝マタスは舌先で頰に触れ、本当に歯が抜け落ちていないか調べた。歯はみな無傷でそろっていた。彼はやや迷信深い性格だったので、いつかこの夢が現実になる可能性を避けるべく、これで短篇小説をひとつ書くことにした。

それから何年も経ってから、ベラクルス州のポトレーロ村で友人のセルヒオ・ピトルとクルマエビの姿焼きを食べていたとき、セニョール・ビラ＝マタスはピトルにこの歯にまつわる話をした。ところが話の最中、本当に奥歯が一本抜けて皿に転がり、クルマエビのあいだに埋もれた。該博で神秘主義者のセニョール・セルヒオ・ピトルはビラ＝マタスに、この歯は自分にくれたまえ、実は村にシャーマンが一人いて、もっとも優れた男女の歯を土に埋めて、その持ち主の魂が人類の記憶のなかで甘い永遠を保てるよう白魔術を施してくれるからと言った。セニョール・ビラ＝マタスは不承不承、だが最後には友人がきっと約束を守ってくれると信じて歯を手渡した。

そのポトレーロ村のシャーマンこそが我がおじ、父方の大おばテレファサ・サンチェスの息子にして名高いカドムス・サンチェスだった。何年か前にカドムスおじが亡くなったとき、その息子で、俺のいとこにあたる、強いて取り上げる必要すらない阿呆が電話をかけてきて、親父から預かった遺品がある、欲しければポトレーロ村まですぐ取りに来いと言う。その日の夜、俺はバスに乗った。

ここまで来たらもう想像がつくだろう。カドムスおじが俺に残してくれた遺品こそ、ポトレーロ村のはずれにある綺麗なマンゴーの木の下に埋められていた、悪名高い連中の歯のコレクションだったのさ。おじは遺言状に、その場所は数か月のうちに政府が買い上げ、発電所が建つと書き残していた。それでおじは俺に、聖なる歯のコレクションを掘り起こし、よりよい行き先を探る仕事を任せたというわけだ。親愛なる信徒の皆さん、それがこれだ、我がコレクション最後の歯だ。著名なセニョール・ビラ＝マタスの奥歯。さて、最初の値をつけるのはどなたかな？

正直に言うと、いくらの値がついたのか覚えていない。その時点まで大成功だったオークションのほとんど麻薬的な雰囲気がもたらす恍惚状態の頂点にいたせいで、ちょうど頭がぼうっとしていたのだ。俺にとってオークションとは、他の人にとっての賭け事や何らかの薬物やセックスや嘘がそうであるのと同じで、きわめて中毒性の強い行為なのだ。若いころは、オークション会場から出た瞬間、目に留まるものがすべて競売の対象に見えたものだ。道を走る車、信号、ビル、犬、人間、視界をぷあーんと横切る虫たち。

信徒たちもオークションが放つ人を麻痺させる空気に酔いしれていた。みんながもっと欲しがっていた。明らかに買い続けたがっていた。そして俺は人を喜ばせるのが好きだ。卑屈にこびへつらう性格からじゃなく、思いやりのある優しい性格ゆえのことだ。さらなる品を期待する声に応えるべく、俺はそのとき取りつかれていた熱狂から来る直観に身を任せ、自分自身をオークションにかけることに決めた。

俺はグスタボ・サンチェス・サンチェスだ、と俺は言った。天下無双のハイウェイだ。そして俺はこの歯でもある。黄ばんでいて少し傷んで見えるかもしれないが、断言しよう――この歯は誰あろう、あのマリリン・モンローの歯だった。彼女が誰だか紹介する必要はあるまいね。この歯が欲しければ、俺をまるごと買わなきゃならない。俺はここで説明を打ち切った。

さて、最初の値をつけるのはどなたかな？　と俺が穏やかな声で言ったそのとき、こちらを凝視するシッダールタと目が合った。

俺とこの歯に最初の値をつけるのはどなたかな？　ひるむ様子もない観客に向かって俺はまた言った。手が挙がった。まさに想像したとおりのことが起きた。俺は千ペソでシッダールタに落札された。

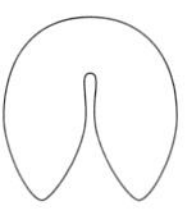

瘋狂的人誰是永遠反對,
花崗岩塊,完整和不變,過去他的牙齒咬緊。

過去という名の硬い動かぬ岩の塊をいつまでも
嚙み続けるのは狂人である。

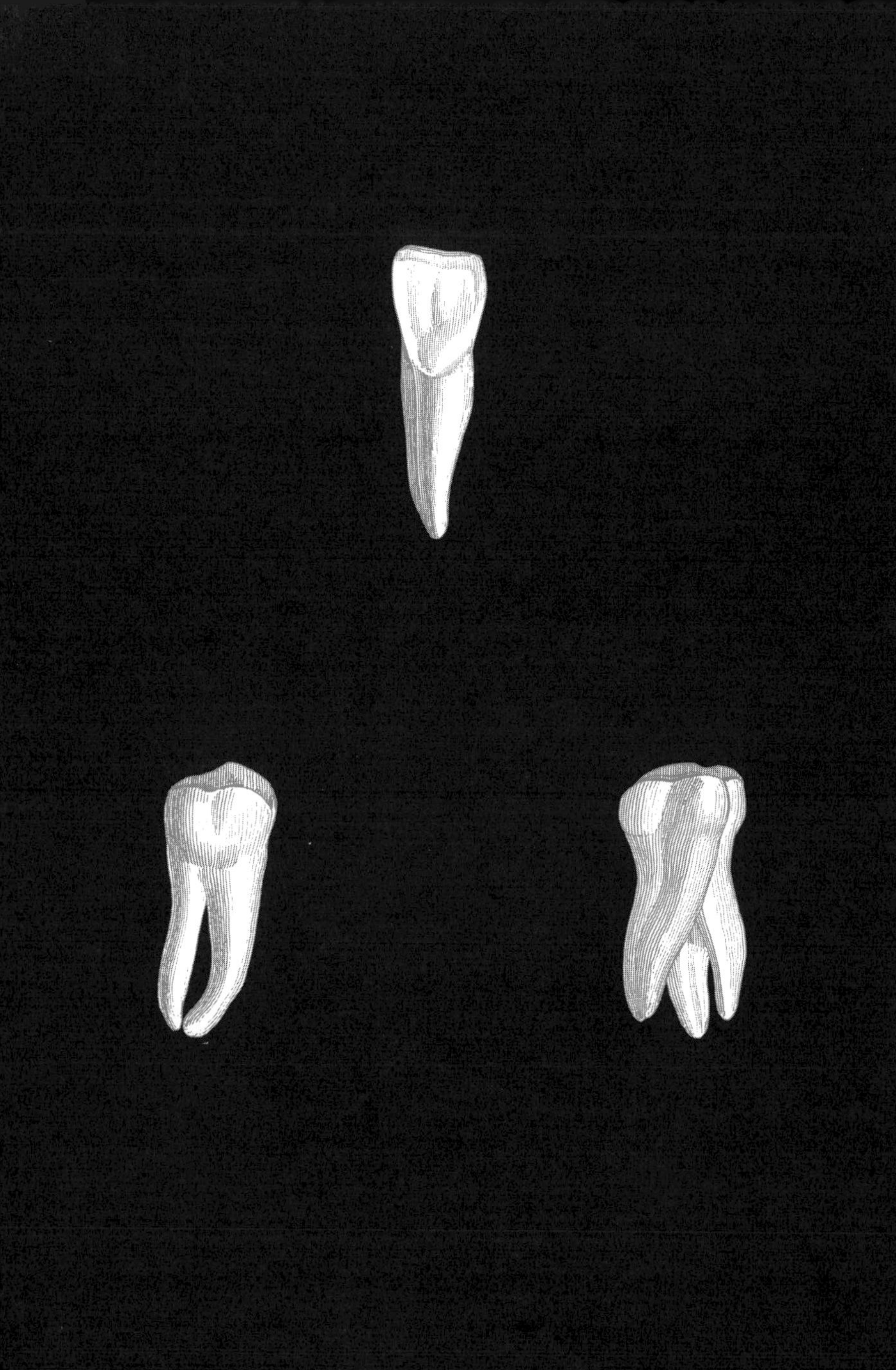

第三の書

比喩法

あらゆる可能世界において同一の対象を指示する場合、それを「固定指示子」と呼ぼう。［…］もちろん、我々はあらゆる可能世界にそうした対象が存在することを必要とはしない。［…］対象がどこに存在しようとも、指示子がその対象を指示するかぎり、指示子は特定の対象を厳密な意味で指示しているのである。

ソール・クリプキ

おじのマルセロ・サンチェス・プルーストはかつて日記にこう書いた。

人は眠っていても、自分をとり巻くさまざまな時間の糸、さまざまな歳月と世界の序列を手放さずにいる。目覚めると本能的にそれを調べ、一瞬のうちに自分のいる地点と目覚めまでに経過した時間をそこに読みとるのだが、序列がこんがらがったり、途切れてしまったりすることがある。

俺は目が覚めても何もこんがらがったり途切れたりしない。世の単純な男がみなそうであるように、こんがらがったり途切れたりすることとは縁がない。毎日、ささやかながら確かな早朝の勃起があるという、あの美しくも単純な確信とともに覚醒の世界へと戻るのみだ。俺が例外なんじゃない。その真逆だ。最新の科学的研究によると、朝、世の大多数の男が目を覚まして最初に気づくのは、性器の膨張と硬直なのだという。これはちっとも不思議なことじゃない。夜のあいだ、男の体は、男性器が健全かつ正常に機能するのに必要な温度を保つべく、そこへ血液を送り続ける。結果として、多くの男たちが、力強く誇らしい勃起とともに目を覚ます。勃起のパワーは、睡眠から覚醒へ移行するあいだ、世界に繋ぎ止める最初の錨の役割も果たしてくれる。女にこういうことは起こらないから、目を覚ましたときはたいてい、完全に朦朧とした状態にある。女どもには、あの世とこの世の橋渡しをしてくれる忠実なカロンがついていないのだ。

俗語で「テント作用」として知られる、この男の肉体に特有の現象は、あくまで生物学上の出来事であって、精神医学とは関係ない。だが、生物学上の現象の多くがそうであるように、たちまち心の健康問題にもなり得る。朝勃ちを軽んじて——たとえばコーヒーをすったり、シャワーを浴びるあいだに——ひとりでに萎えさせてしまえば、邪悪な体液が蓄積し、一日中、恨みと怒りに呑みこまれてしまう。用心深く、寡黙になり、人には内緒で攻撃的になり、場合によっては善良な一般市民に対して、さらには家族の一員や職場の同僚に対して小児性愛者じみた邪な考えを抱き始めたりする。しかしながら、隣で寝ている誰かさんが思いやりを示して、男性器に蓄積された液体を放出させてくれるなら、男は一日中優しく自制心を保っていられるし、呑気な博愛主義者にすらなれるかもしれない。説明は以上。

おじのマルセロ・サンチェス・プルーストは何かと理屈をこねる人だったが、こうした男の自然状態に理解のある女と結婚すべきと言っていた。「お前が見つけるべき奥様は」とおじはよく言った。「時の伸縮性に敏感な男が長い不眠の時間に蓄積させる激情を和らげてくれる女だ」と。その意味はともかくとして、おじは続けて必ず、自分はそういう理由でナディアおばと結婚した、だからこそ死が二人を分かつまで彼女を裏切ることはなかったと言っていた（哀れなナディアおばは、メキシコ建国の父ベニート・フアレスと同じく狭心症で亡くなった）。ナディアおばは自分の能力を隠していたかもしれないし、孤児院の先生みたいな恰好をしていたかもしれないが、朝勃ちの処理にかけては間違いなく達人だったのだ。

いっぽう俺は、その方面では運に見放されてきた。それはたぶん、俺みたいに生まれつき運に恵まれた男の運が分散していて、人間の経験のもっとも深淵な部分には届きにくいからだ。ベル・カーブ理論というやつだな。フラカは妊娠するまで、というのは約二週間だったんだが、俺に対するお勤めを果たしてくれた。それ以降は皆無。あいつはいつだって他人の、とりわけ俺の欲望についてしみったれた女だった。だが、その後に付き合った他の女たちからも、俺が早朝の慰みを得ることは一度もなかった。アンヘリカは決して不細工じゃなかったが、朝の口臭がチキンみたいで、俺のほうから肉体的接触を避けた。いっぽうエリカは、寝顔が元大統領のフェリペ・カルデロンに奇妙なほどそっくりで、顔、特に唇と鼻と眉が腫れぼったかったからだと思う。我が鬱積した体液を彼女の内側に放出しようといくら頑張っても、寝ている間にいっそう腫れぼったくなり、いっそう歪んだ、あの我が国暗黒時代の大統領そっくりな顔を見ると怖気をふるってしまい、ついベッドから忍び足で逃げ出し、濃いコーヒーを淹れてしまう。最後のエスターについては、とにかく朝は機嫌が悪い女だった。俺はあいつがナイトテーブルにしまっていた鎖で組み伏せられるのが怖くて、こっちからすり寄るなんて真似は絶対にしなかった。それで、リードするのは彼女に任せていた。あいつはいつも——鎖を手に——意味不明の二言三言で命令を下した。ハイウェイ、しゃがんで舌出しな。あるいはこう。ハイウェイ、あそこ舐めろ。あるいは単にこう。ハイウェイ、イカせろ。いずれにしても——ありがたいことに——エスターから先に体を動かすことはなかったから、俺はこれが己の運命と諦めることを学んだ。なにしろ敬虔なカトリック教徒だからね、諦めることにかけては並ぶ者のない才能があるのさ。

その日の朝、つまりオークションの翌日につかのま拘束されたあの朝、俺が最初に気づいたのは、日々俺に世界の意識を取り戻させてくれる、例の忠実な、盾持ちみたいな存在の勃起だった。俺はそれを無視しようとして、また眠りに落ちた。どれくらい経ったかはわからない——数秒か、ひょっとすると数分かもしれない。改めて意識をはっきりさせようとして最初に感じたのは、ニスを塗りたての板みたいな鼻を刺す臭いで、すぐさま両目のあいだが耐えがたいほど熱くなった。俺の体は硬い木の床の上に転がっていたが、こめかみからは大量の汗が滴り落ちていた。頭が鳥の小さな心臓みたいにずきずきと脈打っていた。それから舌が妙に腫れていて、口の奥で鉄っぽい血の味がするのに気づいた。自分の心臓の不規則な動悸の音ばかりが聞こえる静けさのなか、喉をごろごろ鳴らすような音、ひょっとするとくぐもった鼾か、うなり声のような音がかすかに聞こえてきた。きっと自分以外に誰かが寝ている部屋なのだと思った。老人ホームか牢屋にぶちこまれたのかもしれないと思い、目を開ける気にもなれず、もう一度眠りにつこうとしたが、うまくいかなかった。

教会のオークションが終わったあとのことで覚えているのは、シッダールタの手を握って外に出たことだけ。そのときふと、最後に息子の手を握ったときは、まだ手のひらに収まるほどの小ささだったっけ、と思った。だが、思わず息子を抱きしめそうになり、いっぽうの息子はハグなどされたくないのだと察して、すぐさまそんな思いは封印した。俺たちは手を握ったまま、角で待つ車を目指して広場を横切り、そのあいだ、俺はシッダールタに、『赤ずきんちゃん』の陽気な逆さヴァージョンの語り方を説明しようとした。シッダールタは俺を正面からまじまじと見据えて、子どもが難しいことを説明しようとするときの親みたいな態度で、俺の言っていることをまるっきり無視した。俺が覚えているのはこれだけで、あとは何もかもが真っ白に消えている。

目をなおも閉じたまま、まどろみに身を委ね、舌先を上顎にゆっくりと這わせた。その瞬間に世界がひっくり返った。ベルニーニが彫ったサン・ピエトロ寺院の柱廊みたいに神聖で、優美で、尊いあの歯のアーチに舌先を這わせようとしたとき、そこにはぽっかり開いた広い空間しかなかったのだ。ない。歯が一本もない。ああマリリン！ 俺は片手で口を押さえ、目を開けた。上半身を起こすと、ベンチの上で寝ていたことに気づいた。指先で唇、舌、口蓋、剝き出しの歯茎に触れてみた。ない、歯が一本もない。たとえばベルニーニが、ある朝ヴァチカンにやってきて、カトリック信仰のいっそう偉大な記念碑となっている祭壇を囲う、あの半円状の荘厳なドーリア式柱廊がただ消えているのを目のあたりにしたら、いったいどうしていただろう？

あたりを見渡し、自分が眠っていた部屋の様子を探ってみると、そこには俺の口のなかよりひどい地獄が待ち受けていた。スクリーンに巨大なピエロが映っていて、曖昧な優しい表情でこちらを見つめていた。俺は恐怖にとらわれ、論理的に考えれば、すぐにでもベンチから立ち上がって、その小さな部屋の半開きのドアからすたこら逃げ出したいところだったが、慎み深さが俺を止めた。執拗な、そして——状況を考えれば——どうにも説明のつかない勃起のせいで、立ち上がることすらできなかったのだ。俺は部屋の四方を見渡した。四方の壁のスクリーンから、こわばった顔の四人のピエロが俺を見つめていた。俺は気が狂ったんだ、俺のポップコーンは全部燃えてしまったんだと確信した。ひょっとすると誘拐され、拷問された可能性もあったが、だとしたらもっと不吉だった。なにしろここは、人の命が、メキシコ市からアカプルコ行きのおんぼろバスのチケット代より安い国なのだ。

正面のスクリーンに大映しになっているピエロは、顔を白く塗り、口の周りに黒い微笑みの線を描き、禿げ頭のてっぺんにチャップリンみたいな小さすぎる山高帽をのっけていた。俺は顔を右に向けた。同じように大映しになったスクリーンには、明るい色のつなぎを着たピエロがいて、顔の大部分を深紅に塗り、巨大でがっしりした頭の両側から黄色いぼさぼさの髪の毛がはみ出ていた。左手のピエロは、白いつなぎに黄色い羽毛のマフラーを巻いていて、顔をピンクに塗り、元の眉の上に七色の眉を段々に描き、それが額から大きく禿げ上がった頭頂部まで階段みたいに伸びていた。三人とも、言うまでもなく、おなじみのあのおぞましい着け鼻をくっつけていた。背後の壁のピエロはちらりと見ただけだが、厚底の黒い靴と、赤と黒に塗られた顔は見えた。横目でぱっと見たかぎりでも、背後のそいつが四人のなかでいちばん忌まわしそうな奴だったから、俺は正面のピエロ——白い顔に小さすぎる山高帽をかぶった奴——に視線を戻した。そのときだ、なんともたまげたことに、このピエロが瞬きをした。

俺はベンチの縁を両手でつかんだまま、ピエロがもう一度瞬くか、あるいは俺が動転して幻覚を見ただけなのか確かめようと、少しのあいだ身構えた。そのピエロはまたもや瞬いたばかりか、突然、口を開いてもいないのに、頭上から声が聞こえてきた。

ほとんどが素敵なものばかりじゃないか、ファンシウール？

俺は返事をしなかった。間違いなく俺のことを言っているはずはなかったからだ。ハイウェイ、お前は愚か者だよ、と俺は自分に言い聞かせた。もう一度——弱々しかったとしても――声に出して言った。愚か者だよ。

それはまるで別人の声だった。歯という確かな枠組みのない口から発せられたその言葉は、か細くゴボゴボいう吐息、衰弱した年寄りの声だった。そのときまたあの声が響いた――ゆっくりした、落ち着きのある、ほとんど皮肉っぽい声。声は俺の言ったことを真似した。

お、ろ、か、も、の。

お前は誰だ？　どこにいる？　俺はおびえて叫んだ。

とぼけるな、ファンシウール。

なんだって？

とぼけるなって言ってるんだよ、ファンシウール。

誰かと間違えてるんじゃないか。俺はグスタボ・サンチェス・サンチェス、通称ハイウェイ、どうぞよろしく。

やかましい、このクソめ。僕のクレンジングクリームをどこに隠したか言いやがれ。

何の話だかさっぱりわからんな、と俺は答えた。

このとき、その声が、実際には天井のスピーカーから聞こえていて、スピーカーは他に三つ、それぞれ部屋の隅にあることに気がついた。

僕のクリームだよ、いまいましいファンシウールめ。顔がひび割れてごわごわなんだ、化粧を落としたいんだよ。

俺はクリームなんて使わない。女やピエロじゃあるまいし、化粧などしないよ。

ピエロじゃないだと？　このいまいましい、歯なしの、嘘つきファンシウールが。

俺の名前はグスタボ・サンチェス・サンチェス、でも人からは親しみを込めてハイウェイって呼ばれてる。

黙れ。

それに俺は世界一の競売人だ。

そうかい？　じゃあ、ここには何をオークションしに来た？

俺はどう答えていいかわからず、黙り込んだ。ピエロは話し続けた。奴は俺に「真珠の寓話」を知っているかと尋ねてから、返事も待たずに詳しく説明し始めた。まるで幼い子どもか外国人でも相手にしているかのように、一言ずつ、じっくり言葉を選びながら。

かつてイエスは言った。「我が父の王国は、自分の土地に宝が眠っていながらそれを知らずにいた者に喩えることができる。その者が死ぬと土地は息子のものになった。その息子もまた宝の存在を知らなかった。息子はその土地を相続し、売却した。買い手は土地を耕し、宝を見つけ、望む者がいれば利息を付けて金を貸すようになった」。

さて、この話の意味するところがわかるかな、ファンシウール？

ああ、当然さ。俺は日曜学校に通っていたからな。

では、その意味するところは？

父から受け継いだ土地は売る前にきちんと調べておけってことだ。

愚か者が。

ピエロは瞬き、のんびりと厚かましいあくびをした。それから言った。あんたは、僕が知っているなかでも最高につまらない間抜けな男だよ、ファンシウール。ピエロはすぐに目を閉じ、呼吸の音から察するに、ぐっすり眠りこんでしまったようだった。

俺は自分が地獄に落ちたのだと確信した。幼いころに付き合わされた長ったらしい親戚一同の食事のあいだ、いつも白いゴム草履を履いていた酒に弱いいとこのファアン・パブロ・サンチェス・サルトルが、いつも――たいがいデザートの出るころになって――俺たちに、地獄とはお前らのことだと言ったものだ。いとこは俺たちにわめき散らし、罵り、ときにはテーブルクロスに散らかったものや食べかす――特に米粒を丸めて――投げつけ、最後はドアを叩きつけて出ていった。それからしばらく顔を見ないと思ったら、次の家族の集まりにまた現われて、細かい違いはあれども同じ醜態を演じた。ファアン・パブロはそうやって二か月に一度わめき散らした末、ある日、強力なアンフェタミンを服用してエアロバイクをこいでいる最中、自ら心臓発作を起こして死んじまった。親戚の思い出は以上。でも哀れなファアン・パブロの説にも一理あるかもしれない。俺はあれ以来つねに、地獄というのは、いつか自分がそうなってしまうかもしれない人間のことだと思うようになった。つまり自分がいちばんぞっとする人間のことだ。フアン・パブロにとっては、もっとも軽蔑すべき自分の親戚がそうだった——腐り切ったおじたち、化粧の匂いをぷんぷんさせるおばたち、退屈ないとこども。自分の敵や上司を怖がる奴もいれば、道を歩きながらひとりごとを言う狂人や、人前で肌をかきむしる気の狂った女を怖がる奴もいる。貧乏人、手足のない人間、浮浪者が耐えがたいという奴もいる。俺にとっては、ピエロの恰好をした奴ほど忌まわしい人間はいない。たぶん、俺は、自分がそう思われることをつねに恐れてきたからかもしれない。そして今、歯を失った俺は、眠りこけている——あるいは茫然自失に陥るほど落ち込んでいる——巨大なピエロの動画が映るスクリーンの前のベンチに腰かけ、そのピエロのひとりと勘違いされている。

俺は逃げ出したくなった。さっきまでその妨げになっていた勃起はもうおさまっていた。だがすぐに、逃げても意味がないことに気がついた。どこに逃げるというのか？　逃げたところでどうなる？　それでも俺は立ち上がり、部屋のなかを歩き回った。四角い部屋は、四方とも二十歩程度の幅だった。眠るピエロが映る四つのスクリーン以外には、何ひとつない部屋。半開きになったドアのそばに小さなカードが貼ってあった。「ウーゴ・ロンディノーネ。《我々はここからどこへ行く?》四つのビデオ・インスタレーション、音響、壁のインク、木材、黄色のネオンライト」。俺はドアを開けてなかを覗いた。そこはもっと広く、もっと明るい部屋だった。俺は敷居をまたぎ、そのもっと広い空間を歩き回った。思いがけない場所や部屋の隅に置かれていたのは、こんなものだった。ホテルの部屋にいる馬を描いた広告看板、眠っている剝製の犬、ビロードでできたネズミの着ぐるみが一組、毛の生えた義肢、バオバブの木の盆栽、山積みのホイッスル、譜面台に載った楽譜、ハロゲンランプで壁に光を映しただけの偽の窓。とりわけ最後の偽の窓は美しいもので、こいつは俺のコレクションに含める価値があると思った。あるいは、少なくともそのアイデアだけは俺の倉庫に持ち帰ろう。あそこには立派な倉庫にあるべきちゃんとした窓があまりないから。

光源になっているハロゲンランプの重さを測ろうとしたとき、さっきの部屋から、例の冷淡な声が聞こえてきた。俺は時間をかけてゆっくり戻った。

まだそこにいるのか、ファンシウール？

いったいどこへ行けばいいって言うんだい？　俺は元のベンチにまた腰かけながら言った。

あんたは僕のママのフォルクスワーゲンを引き取りに行く約束をしただろう。知らないなんて言わせないぞ。あの車はあんたのせいでレッカー移動されたんだからな、ファンシウールめ。

そんな約束はしてない。お前、何者だ？　どこにいる？

ここだ、あんたの右だよ。

ルールがわかり始めた。声は同じだが、今度は右の壁に映っている明るい色のつなぎを着たピエロが喋っているらしい。それで人を納得させようとしているのだとしたら、まったくもって下手な演出だった。第二のピエロは、俺がそいつのママの白いフォルクスワーゲンを明らかに障碍者用のスペースに停めたこと、それが障碍者に対する思慮を欠いた行為であるばかりか、彼とその親に対する究極の受動的攻撃行動であると責めた。他者への思慮を欠いた行為や、受動的攻撃行動というのは鬱病者に特有のものだ、と奴は話し続けた。したがって、あんたが重度の鬱病者であることは明らかだ、だからあんたには謹んでこう勧めておく、精神科医かセラピストに会うことを考えたほうがいい。さらにそいつは続けて、少なくとも日に八時間は寝たほうがいい、酒はやめること、運動を欠かさないこと、脳と視床下部に大量のセロトニンが放出されるからだと言った。俺は奴の話を遮った。

お前が車を取りに行けばいい。そんなところに寝転がってないで。

僕が？　僕はここでただ考えごとをしているだけだ。

考えごととはご立派だな。まったく偉そうに。

あんたにはできないことだ。僕はする。

そうかい。いったいどんな考えごとだ？

そうだな、たとえばまさに今、犬ってのは実に憎むべき動物だと考えている。危険な奴らだからな、一掃されるべきだって。

そりゃあ実に深遠な考えごとだな、と、俺は皮肉をめいっぱい込めて言った。で、他には？

イタリアの政治は馬鹿げてる、野良猫は総じて気のいい動物で自由気ままに暮らしているにもかかわらず凶暴にもなる、夫婦間の虐待は日常茶飯事だ、人は恐怖に対して寛大だ、小学校の先生はたいてい冷酷だ、『星の王子さま』は四十がらみの俗悪な読者向けの本だ、グレゴリオ暦にこれほど多くの聖人の日があるのはおかしい、とか考えていた。

ほほう、と俺は言った。いや、言わなかったかもしれない。ため息をついただけかもしれない。あるいは息を吐いただけかもしれない。

あと、たとえば、あんたが車を取りに行くのを忘れた件は、「ベーコンの馬の歯の寓話」と関係があると考えていた。

また寓話かよ？

いいから黙って聞け。


紀元一四三二年、信徒たちのあいだで、馬の口に歯が何本あるかをめぐって激烈な論争が巻き起こった。論争は十三日間にわたりやむことなく燃え上がった。ありとあらゆる古文書や記録文書が引用され、その地域では聞かれたこともない見事で重々しい博識な意見が表明された。十四日目の朝、ある行儀のよい若い修道士が修行を積んだ年長者たちに向かって、一言意見してもよいかと許可を求めた。そして単刀直入に、しかも卑しく無礼な態度で——論争者たちは大いに驚き、その深い叡智は大いに辱められたことに——そう気張らずとも、試しにそこらの馬の口をこじ開けてみれば皆さんの問いの答えが見つかるのではと進言した。ここにいたって彼らの権威は失墜し、怒り心頭に発した修道士たちは不満の声を上げて若者になだれかかり、尻と太腿を打ちのめし、直ちに彼を追放した。彼らは言った。あの厚かましい新参者はきっとサタンに惑わされたのに違いない、それでかくも冒瀆的かつ無礼な、父たちのあらゆる教えに背く真理の発見法を宣言したのだろうと。さらなる激烈な論争を何日も経たあと、平和の鳩がようやく信徒たちの会合に舞い降りると、一同は口をそろえて、この問題は永遠の謎であると宣言した。なぜならこの問題に関しては、秩序立てて書かれた歴史的証拠も神学的証拠も、悲しいかな存在しないからであると。

一言も理解できないが、と俺は言った。

胡散臭いとは思わないか?

何がだ?

あんたが歯無しで、ろくでなしで、ものや人を理解せず忘れてしまう年寄りだってことがだ。

たしかにそうかもしれんな、と、胸のどこかで罪の意識がじわじわ広がるのを感じつつ俺は言った。

じゃあ、今度こそ僕の車を取りに行ってくれるな。ちびで、取るに足りない、ひょろ長い脚の、嘘つきで愚鈍なファンシウールめ。

ああ、たぶんな。

ピエロは何も言わなかった——沈黙は長く続き、やがて俺は二人の会話が終了したことを悟った。きっとピエロが正しいんだろう。俺は奴のためにクレンジングクリームを買いに行き、車を取りに行くべきなのだろう。いずれにせよ、他にすることもない。しかし、なんて馬鹿げた考えだ。ピエロどもはただのビデオにすぎず、声は別のどこかにあるスピーカーから明らかに流れていたというのに。俺はあの声がまた聞こえてくるのを辛抱強く待つことにした。

ピエロの存在に初めて恐怖を抱いたのは十五か十六のときだ。友だちのエル・ペロと地下鉄のバルデラス駅にいたときのことだ。夜の十一時過ぎで、メキシコ市中心街の別の友だちが住む屋根裏部屋でドミノをした帰りだった。駅は無人で、俺とエル・ペロだけが終電を待っていた。ふと、低いうめき声のような音が聞こえて、すぐに喘ぎ声が続いた。もう一度うめき声、喘ぎ声、うめき声。俺たちはあたりを見回した——駅には人っ子ひとりいない。

エル・ペロが駅のホームからコンコースへと続く階段のところに行き、上を見上げた。エル・ペロは一瞬、驚いて凍りついたように立ちすくんだ。それからこっちに来いと合図をし、唇に指を当てて静かにと指示した。俺はそっと近づいた。階段のいちばん上で、ズボンを下ろしてしゃがみ込んだピエロが、のんびり糞をひねり出している最中だった。喉の奥から神経が逆流するように笑いがこみ上げてくるのを必死でこらえたが、もう間に合わなかった。自制心のブレーキをかいくぐってきた笑いが、くくっ、とくしゃみのように洩れた。ピエロが顔を上げて俺を見据えた――猛獣らしき相手を目の前にした無防備な動物が、たちまち、自分を追っている相手こそが実は獲物であると気づいたかのようだった。ピエロはズボンをたくし上げると、俺たちに向かって突進してきた。俺たちは今まで走ったことのないような速さで逃げた。

恐怖に駆られて慌てふためいた俺たちは、まだ閉鎖されていない出口を探して、バルデラス駅の迷路みたいな通路を引き返した。地下道のひとつの角を曲がったところで俺はピエロに追いつかれ、体当たりされた。俺は床に倒れた。ピエロは抵抗する女を組み伏せるみたいにして俺にのしかかってきた。ピエロは俺の膝から下を押さえつけると、頭を垂れて俺の腹に押しつけ、臍のあたりに丸いボールの鼻をめり込ませた。俺の白いTシャツに化粧を塗りたくった顔を埋めながら、驚いたことに、奴はわんわん泣き始めた――恥ずかしさからか、単に悲しかったからかはわからない。

数秒後、息がつけるようになると、俺はぐったりしたピエロの体の下からなんとか脱け出すことができた。エル・ペロと俺はバルデラス駅の無人の地下道を——今度はゆっくり、無言で——歩き続け、ようやく開いている出口を見つけた。回想は以上。

俺たち二人は、長いあいだ、あの日のことについてありとあらゆるジョークを考え、知り合いに会うたび話を大げさにして語った。でも俺は、その話に笑ったりふざけたりしつつも、この話題が出るたびに胃のなかに熱く重たいものを感じていた。あのピエロの目のなかに見た恥辱の燃えさしがずっと残っていたんだと思う。

しばらくすると、例の間延びして鼻にかかった声がスピーカーから聞こえてきた。

偉大なるファンシウール！　そいつは嫌味ったらしいユーモアを滲ませて言った。

今度は左手のスクリーンの、段々の眉を描いたピエロが話しているようだと俺は推測した。

偉大なる、偉大なるファンシウールよ、あんたの考えはお見通しだ。

何をお見通しなんだ？

あんたは自分のほうが僕たちより偉いと思ってる。

いや、それは違う。

あんたは偉大な作家にして哲学者であるダニイル・ハルムスの「赤毛の男の寓話」を聞いたことがあるか？

実はある。

あんたはハルムスの書いた赤毛の男にそっくりだよ、ファンシウール、だから心して聞くがいい。

　昔、目も耳もない赤毛の男がいた。男は髪の毛もなかったから、赤毛というのはあくまで理論上の話だ。男は口もなかったから話すこともできなかった。鼻もなかった。腕も脚もなかった。胃もなく、肩もなく、背骨もなく、腸もなかった。男にはなんにもなかったのさ！　それゆえ我々が話題にしているこの男について知るすべはない。実際、この男については言わぬが花だ。

おしまい。

おしまいだと？

これでおしまいだ。

そりゃ寓話じゃない。アレゴリーだ。

見事な寓話、最上級の寓話だ。まるであんたから着想を得ているみたいだろう、ファンシウール。どう思う？

有益ではある。

本当に？　有益なだけか？

実に有益で、気も効いている。でもなぜそれが寓話なのか、俺にはわからんな。

じゃあ、あんたは僕にどうしろって言うんだよ、偉大なるファンシウール？

どうしろとも言うつもりはない。

だと思った。そもそもあんたには人に差し出すものなど何もないってこと、わからないのか？

いや、わかっちゃいるとは思う。

あんたが自分について思ってることと、人があんたについて思ってることのあいだにある溝は埋めようもないってことも？

たぶん。

あんたは人のジョークを笑うこともできないんだ。ユーモアを解する能力に欠けてるんだよ。そこにあんたの知性の限界が露呈している。

なるほどな。

離心率の限度を超えた先にあるのは道化じみた冗談なんだよ、ファンシウール、あんたはピエロだ。

頼む、もう勘弁してくれ。

それはこっちの台詞だ、ファンシウール、こっちこそ勘弁してほしいよ。それで、あんたにひとつ頼みごとをしたいんだがね。

なんだ?

ロシア革命の研究書が要るんだ。本屋に行って買ってきてくれないか。

ああ、お安い御用だ、と俺は、突然従順になって答えた。

あと『木綿とその副産物』と『北極と南極』も要る。それと『クジラとその副産物』ってのも、それとあれば『アジアの国旗』も。

ああ、見つけてきてやる。

ありがとう、と声は満足げに言った。

ところで、お前、あいつのフォルクスワーゲンの型を知っちゃいないか? 俺は正面のスクリーンで黙り込んだまま、ときどき瞬いてはこっちを見つめている赤いつなぎ姿のピエロを指さして尋ねた。

七〇年型の白のビートルだ、間違いない。

で、どこの保管所に行けばいいのかね。

鉄道通りの保管所にあると思うが。でもどうしてあいつの車を取りに行く気になったんだい?

俺のせいで撤去されたらしいからね。

俺はピエロの返事を待った。声はしばらく聞こえてこなかった。謎の腹話術師の声がまた聞こえてきたとき、俺はすぐにそれが四人目のピエロ、赤と黒に塗った不吉な顔のピエロだとわかった。罵倒、屈辱、俺を負かそうという奴の常軌を逸した攻撃に対し、すでに心構えはできていた。あのいまいましい雌豚の息子が知らなかったのは、この世に並ぶ者なきハイウェイ様が、ものに動じぬ不屈の男だってことだった。俺は先手を打ち、その場の状況にふさわしい顔と声を選んだ。

俺はファンシウール、どうぞよろしく。さあ、何が欲しい、シッダールタ？

長い沈黙があった。

いったい何が望みなんだ、息子よ？　と俺は繰り返した。

なんにも、と彼がついに答えた。

なんにもはないだろう。いったい何が望みなんだ？

なんにも。本当さ、なんにも要らないよ。

そんなわけないだろう。なんでもいいから言ってみろって、と俺は食い下がった。

率直に言って、あんたは僕に何も与えることはできないんだ。

せめてコップ一杯の水はどうだ？

いや。

コップ一杯の水くらい、いいだろう！

わかった、わかった。じゃあ水を一杯くれ。

持ってきてやるよ、と俺は言うと、ようやく床から立ち上がって手足を伸ばした。体のバランス感覚を取り戻すのに時間がかかったが、靴が床を踏みしめているのをまた感じられるようになると、突如として湧き上がってきた高揚感を噛みしめながら部屋を横切った。何かから解き放たれたみたいに体が軽かった。おじのフレド・サンチェス・ドストエフスキーが、屈辱ってのはなんといっても魂の浄化だと言ったとき、それは正しかったのだろう。俺は顔をこわばらせたピエロどもに礼儀正しくお辞儀をしてから、ラトラ、ララトララと口ずさみつつ立ち去った。

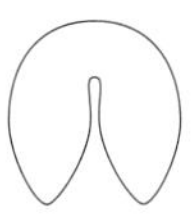

對於從來沒有哲學家，可以耐心地忍受牙痛。

歯痛を辛抱強く我慢できた哲学者などいたためしがない。

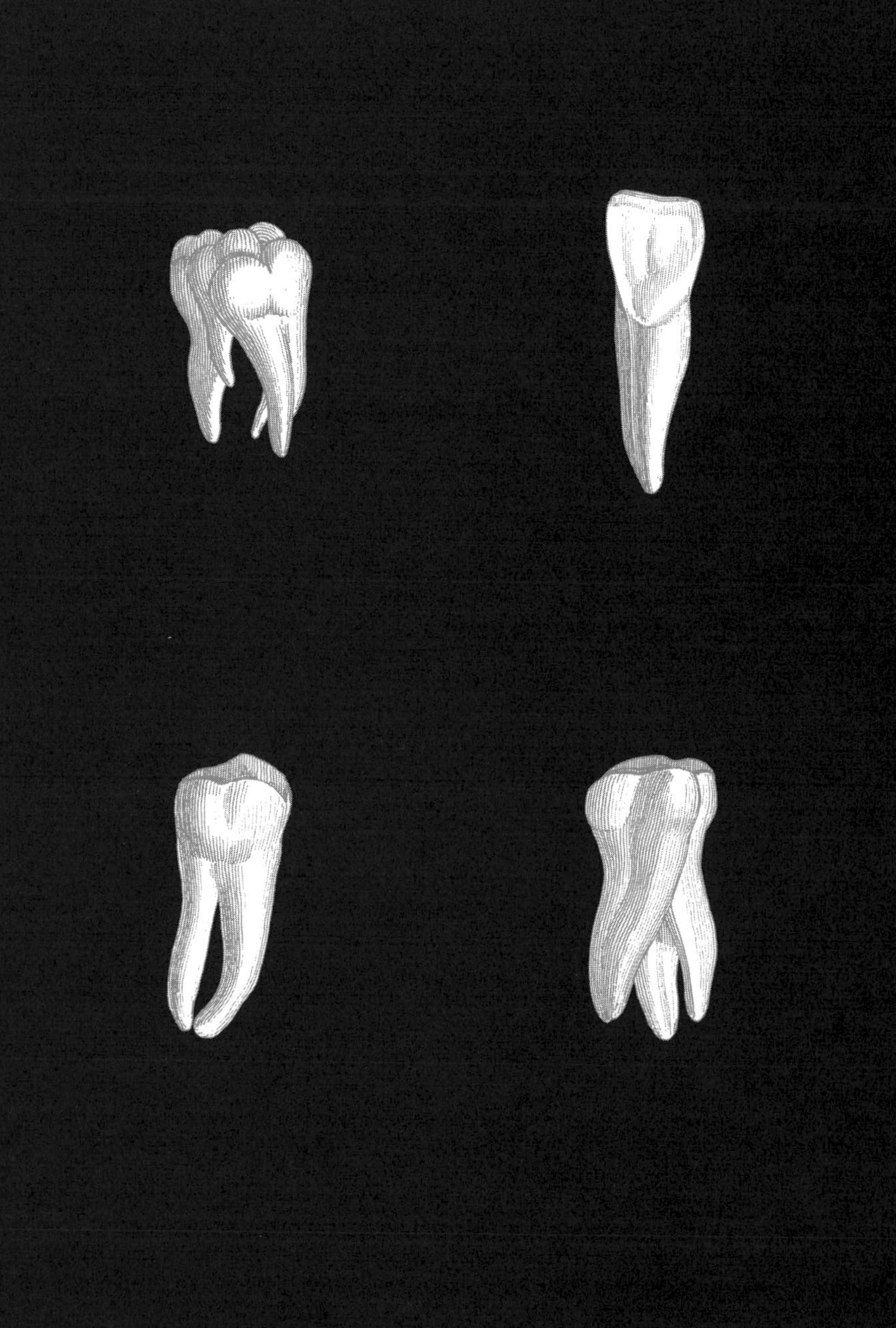

第四の書

循環論法

厳密な意味における厳密さとは、あらゆる世界、少なくともその対象が存在するあらゆる世界で同じ対象を指示することを意味する。数字などについてはたしかにそのとおりなのだが、それらの世界が重なり合っていなければ、我々は人やもの（鉄道でもなんでもいい）を指すありふれた固有名詞が厳密な意味で厳密であると期待できないことになる。しかしながら、ありふれた固有名詞はほぼ厳密であると言えるかもしれない。つまりその固有名詞は、別の世界において、こちらでそれが指示する対象と同等のものを指示しているかもしれないのだ。

デイヴィッド・ルイス

ある日の朝、何時だったか正確にはわからないが、我が「亡霊たちの部屋」――おじのロベルト・サンチェス・ヴァルザーは自分の居間をそう呼び習わしていた――で一昼夜を過ごしたあと、俺も外出したことをお伝えしておかなくてはならない。俺は歯を失くし、ベンチの上で一夜を明かし、我が息子に侮辱され、精神的に痛めつけられていたが、にもかかわらず風変わりな、情熱的なロマンと冒険の気分に満ちていた。これは俺がいつだって健全な男だからだと思う。

雲を照らす金属的な光のなか、夜明けが近いことがわかり、よく知っている界隈にさしかかったことを知って、俺はほっとした。そこはモレロス街道から数メートルのところにある、エカテペックの昔からあるジュース工場の駐車場だった。雨が降っていたらしく、トレーラーとトルティーヤと焼けたタイヤの匂いが漂っていた。地元に戻ると安心するな、と俺は思い、ナポレオンのあの名曲『あなたはあなた／だからわたしはあなたが好き』を思い出した。俺は声を張り上げて歌いたい気分になってきて、実際そうした。

鉄条網みたいな明け方の雲の下、歌を口ずさみながら工場の敷地内を横切り、駐輪場までやってきた。工場に出勤してきて駐輪場に自転車を停めようとしていた連中のなかに、我が親愛なる賢人の友、チャイニーズ・フォーチュン・クッキーのおみくじを書くのを生業にしているタキトゥスがいて、金属製のチューブに自転車を引っ掛けようとしているのが見えた。乳白色のトーガを着て、髪はきちんと撫でつけ、口髭は画家の絵筆みたいに切りそろえ、いつもの彼らしく上品かつ威厳があった。俺を見ると大げさに挨拶し、調子はどうだと尋ねてきたが、俺が返事をしようと口を開くと、そこに歯がないことに気がついて、彼は驚きを隠せなかった。

いったいどうしたんだ（クィド・アッキディト）、ハイウェイ？

見てのとおりだ、我が友よ、と俺は言った。歯を失くしたんだ。

遠くから見ると、それほど問題はないよ（エー・ロンギンクオー・コンテンプラーリ・シー・ノーン・ノケト）、と、彼はいつものように物静かな口調で応じた。

ありがとよ。俺のクソガキに盗まれたんだと思う、と俺は言った。でも確証はないんだ。取り戻しに行きたい。

いったんこうと決めてやり始めたときには、チャンスを逃しているものだ（クム・コエペリント・クム・ファキウント・アニモース・ノストロース・ファクルタース・アーミッタートゥル）。

そのとおりだ、我が友よ。ところで、自転車を貸してくれないか、俺の歯を探しに行きたいんだ。

タキトゥスは、その自転車は弟のものだと言い、ひょっとして弟を見かけなかったかと尋ねてきた。いいや、弟さんとはもう何年も会ってないと俺は答えた。どうやら彼の弟は一週間前に致死量のペヨーテを摂取して、そのままエカテペックの街中に消えてしまったらしい。タキトゥスはもう何日も、自転車を返そうとして弟を探していた。俺は現実的な男だ。ひとつ合理的な提案をしてみた。

その自転車を引っ掛ける前に、俺に貸してくれないかな。俺の歯を探すあいだに弟さんも探してやるよ。

タキトゥスもまた、いつだって物分かりがよく、寛大な男だった。

希望とは空しいもので、目覚めている者が見る一種の夢のようなものだ（エト・スペース・イナーネース・エト・ウェルト・ソムニア・クアエダム・ウィギランティウム）、我が友ハイウェイよ、と彼はハンドルを差し出しながら言った。

それから、肩に斜めがけした革の鞄からチャイニーズ・フォーチュン・クッキーの袋をひとつ取り出し、厳かな手つきで自転車のかごに入れてくれた。チャイニーズ・フォーチュン・クッキーが君の古めかしい知恵のお供となり、君と探し物を見つけてくれますように。（アンティークアム・サピエンティアム・チャイニーズ・フォーチュン・クッキー・ウェストラム・イン・コミテートゥル・ウォービースクム・クアエレレ）

俺は心からの感謝を述べ、自転車にまたがった。それからモレロス街道を渡り、自分のあらゆる使命を果たし、可能であればタキトゥスの行方不明の弟も見つけ出す、きっと歯も取り戻してやるという決意を胸に、ソノラ通りを東へ向かった。目の前には晴れ渡った大空が広がり、殺風景な鉄筋コンクリートの家並みから太陽が姿を現わし始めていた。

その時刻に開いている唯一のカフェは、ソノラ通りとラス・トーレス通りの角にある〈言い訳〉だった。コーヒー一ペソ、丸パン五ペソ、いつも数紙の新聞を揃えていることで知られている。朝飯ついでに立ち寄ると、新聞と、タキトゥスからもらったチャイニーズ・フォーチュン・クッキーを浸すネスカフェを注文した。俺はクッキーを割って、占いが書かれたおみくじを取り出すと、残ったクッキーの部分を、むき出しになった歯茎を傷めずに飲み込めるよう、湿った塊になるまでコーヒーに浸した。おみくじはあとで読もうとズボンのポケットにしまっておいた。

俺以外にそのカフェにいた唯一の客は、痩せこけた、用心深そうな青年で、タバコ色をしたそばかすだらけの顔は深い瞑想に耽っていた。大きすぎる明るいイエローの三つ揃いに、パナマ帽をかぶっていた。朝日が差し込み始めた窓辺の席で、鉛筆を握り、物音も立てずノートに何かを書き込んでいた。

俺は自分の席から、ずいぶん熱心だね、何を書いてるんだいと尋ねた。青年はこちらを振り向きもせず、レリンゴ巡りの案を練っているところです、と答えた。

どこ巡りだって？　俺は、歯抜けになって新たに得た間抜けな声でもごもごと呟いた。

空き地巡りですよ、がらんどうの区画、持ち主もいなければ決まった用途もない空間のことですね。青年はこの三つの定義でその意味を明らかにしてくれた。

俺は孵化したばかりのヒヨコみたいに口をぱくぱく開けて、歯のないくぼみを指し示しながら言った。

がらんどうってのは、こんな感じかい？

青年はようやく俺に興味を示して目を上げた。俺はその機会を逃さず、相手が興味をなくさないよう気を配りながら話し続けた。

君の名前は？

ハコボ・デ・ボラヒネ。でも人にはボラヒネって呼ばれてます。

職業は？　シンガーソングライター？　アーティスト？

いやいやまさか、と青年は仰々しい口調で言った。僕は作家で、この街の教会ツアーガイドもしています。後者でようやく食えてますが、前者では死にかけてます。

そうかい！　じゃあ、本を一冊書いて歯を入れ換えた作家のことは、きっと知ってるだろうな。

知りません、誰のことですか？

本を一冊書いたあと歯をぜんぶ入れ換えた男、俺に言えるのはそれだけだ。

素晴らしい、興味をそそる、驚異的だ、と、青年は選んだ形容詞に自信がなさそうな顔でおずおずと言った。

ところで、俺はグスタボ・サンチェス・サンチェス、それか単にハイウェイっていうんだ、どうぞよろしく。そっちの日当たりのいいテーブルに移っても構わないかな？　仕事の邪魔をするつもりはないよ。

　もちろんですよ、さあどうぞ、お座りください。どうせ今朝はなんにもひらめかなかったんです。

　俺はネスカフェをあと三杯――二杯は俺に、一杯は青年に――注文し、青年の向かいの席に腰かけた。青年の骨ばった指先の爪が、いかにも神経質な人間らしく短く切り揃えられているのに気がついた。

　で、あんたはこの界隈に越してきたばかりだね。

　ええ、そうなんです。

　土地勘もないのにここの観光ガイドをやるってのはいかがなもんかね。

　いえいえ、このあたりには観光客なんて来ません。私はエカテペックに住んではいますけど、観光ガイドツアーをやってるのはメキシコ市の中心街なんです。

　一人暮らしかい？

　いいえ、本屋で働いている兄弟と同居しています。二人の名前は知りませんが、兄弟はお互いを区別せず「ダーリン」とか「思いやり」とか呼び合ってます。〈文化コーナー（リンコン・クルトゥラル）〉って名前の印刷所兼出版社を経営してましてね。

今朝はどうして書けなかったと思う？

わかりません。たぶん自分の書いているものが無意味なんじゃないかと怖くなったんだと思います。

無意味？

世の中にはもういろんなものがありすぎますよね――と、青年は慢性疾患者の声で言った――あまりにも多くの本、あまりにも多くの意見。僕が何を作り出しても、誰かが残していったゴミの巨大な山が少し高くなるだけじゃないですか。僕の言いたいことがわかりますか？

完璧にわかるよ。だからこそ俺は競売人をやっている。

あなたが？　美術品のオークショニアなんですか？

何だって売りにかけてやるよ。

たとえば？

たとえば、そうだな、俺は俺の名前をオークションにかけることもできる。同じ音でも綴りや意味の違う名前を六つ集めたんだ。俺はこれを《グスタボの循環論法》シリーズと呼んでいる。こいつらはスタティウスのくどい言い回しや遠回しな表現と同じで、実に回りくどいやり方でオークションにかける必要があるからな。

いったいどんなものでしょう？

まあ聞け。

魚座、さそり座のアセンダント。一九一一年三月十八日、チャルチカムーラのサン・アンドレス生まれ。一九六四年から七〇年までメキシコの大統領を務めた。在任中にしたこと——学生たちを行方不明にし、軍にメキシコ国立自治大学を占拠させ、労働者を投獄し、賃上げ要求をした教師と医者と鉄道員を解雇した。大腸癌で死去。

さあ誰だ？　と俺はボラヒネに尋ねた。

さっぱりですよ、ハイウェイさん。すみません。

グスタボ・ディアス＝オルダス元大統領に決まってるだろ。次に行こう。

一八〇一年四月十九日生まれ、牡牛座、天秤座のアセンダント。精神物理学研究の創始者にして、実験心理学の先見性ある草分け。心理学的感覚印象と身体的刺激との非線形関係を記述した有名な公式 S=KlnI の発見者でもある。活動的で、無神論者で、プレイボーイで、心根の優しい男だった。一八八七年十一月十八日死去。

さあ誰のことかな？

すみません、全然わかりません。
グスタフ・テオドール・フェヒナー。次。

　射手座、作家、でぶ、フランス人。

あ！　ギュスターヴ・フローベールですか？
ご名答。
よーし、次のをお願いします。
よし。

　蟹座、水瓶座のアセンダント。一八六〇年七月七日生まれ、一九一一年五月十八日死去。ボヘミアに生まれたこのユダヤ人はマーラーの交響曲一番から十番までを作曲したが、十番は完成させることなく死んだ。結婚相手のセニョーラ・アルマ・マーラーは、少なくともヴァルター・グロピウス、フランツ・ヴェルフェル、クリムト、マックス・ブルクハルト、アレクサンダー・フォン・ゼムリンスキー、オスカー・ココシュカ、ヨハネス・ホルシュタイナーとも関係があった。

楽勝ですよ。グスタフ・マーラーですね。

よし、よし。次に行くぞ。

射手座。一八六八年ハンブルク生まれのフェミニスト。

たったそれだけですか？

そうだ。すまん。

わかりません。

リダ・グスタファ・ハイマンだ。最後のに行くぞ。

蟹座、蟹座のアセンダント。生まれながらの凶兆。グスタフ・マーラーの妻の愛人にしておそらく夫。偏頭痛持ちでエロティックな表現に凝りがちな象徴派の画家だった。

グスタフ・クリムトですか？

正解。

楽しいなあ、と青年は言った。でも名前なんかをどうやってオークションにかけるんです？

簡単なことだ。競売人がオークションにかけるのは、つまるところは人々の名前、それとおそらく言葉にすぎない。俺がするのは、そこに新しい中身を与えてやることだけなのさ。

どういうことですか？

そうだな、俺はいわば、君たちのゴミを漁る屑拾いだね。でも正真正銘の屑拾いだ。ゴミを漁り、見つける。香りをつけ、洗浄し、消毒する。リサイクルしてるのさ。

若いハコボ・デ・ボラヒネは、手をつけていなかったネスカフェのカップをじっと見つめた。砂糖壺を取り、おそろしく大量の砂糖をカップにぶち込んでから、鉛筆でコーヒーを漫然とかき混ぜた。

ねえ君、さっき書いていた文章をぜひ読んでくれよ。俺はなんとか会話を続けようとして言った。

でもこんなのつまらないですよ、ある街角を描写しているだけですから。

俺は青年が読み始めるのを待って黙っていた。青年はしばらくためらっていたが、やがてノートを開き、咳払いをしてから読み始めた。

新居の部屋の向かいに一軒の金物屋がある。うちの屋上にあるトイレの窓から見えるのだ。そこは僕が静かにタバコを吸える唯一の場所。毎日、夕方になり、金物屋の店員たちが店じまいをしているあいだ、耄碌した年寄りの店主が、歩道に折りたたみ椅子を広げ、椅子の脚のすぐ横に道具箱を置いて、なかにある画鋲の先端を研ぎ始める。ひとつずつ、歩道の縁石に擦りつけて入念に研いだあと、それらの画鋲を歩道にばらまく。その儀式は十分もかからない。僕はタバコをトイレに流し、店主は椅子をたたむ。


書けているのはここまでです、と青年は言い、認めてほしそうな目をこちらに向けた。

ほのぼのとしてるね、と俺は言った。

ありがとうございます。

君は綺麗で小さな字を書くんだね。

ありがとうございます。

でもとんだ勘違いだ。

どうしてですか?

そこはセニョール・アルフォンソ・レイエスの金物屋だよな? 店名は〈イチジクの木(ラ・イゲーラ)〉。ドゥランゴ通りとモレロス通りの角にある店だ。

どうしてわかったんです?

坊や、そいつは長い話になっちまう。だがな、君の描写は不正確だよ。ドン・アルフォンソはぼけちゃいないし、奴さんは画鋲の先を研いでいるのでもない。潰してるんだ。少し曲がっちまった画鋲の先を潰して、平らにしてから道路に捨ててるのさ。タイヤをパンクさせたり、車を傷つけたりしないように。

だったらゴミとして出せばいいのでは？

ゴミ袋が破けちまうよ。

なるほど。

なあハコボ、ボラヒネ、若いハコボ・ボラヒネ君、君が俺を助けてくれたら、俺が君の助けになれると思う。持ちつ持たれつで行こうじゃないか。

あなたを助けるだなんて、そんな自信はないなあ――僕はどうしようもない男ですから。でも聞くだけ聞きましょう。

俺は失くした威厳を――つまりは俺の歯だ――これを取り戻さなきゃならん。これがないとなんにもリサイクルできないし、飯もろくに食えないし、人間らしい話し方すらできん。君にないものは、金、時間、自由、心の平和、労働経験、街遊び、女、刺激、この他、君の傑作を作り上げるのに必要なものすべてだ。

まったくそのとおりです。

だが君にはそのどれひとつとして持てる見込みがない。なぜなら君は、毎日二時間かけて小汚いメキシコ市の中心街まで出かけて、そこで君をこき使う糞野郎のために働いて、君と同じように変てこな服を着た若造どもが同居するアパートに帰ってくるからだ。その豚小屋みたいなアパートで、君は皿を洗い、床にたまった髪の毛の玉を箒で掃き、Tシャツを畳み、左右ちぐはぐの靴下を干す。君はチーズだけのサンドウィッチを作る。なぜならハムが鼻水みたいに緑がかってきたからだ。で、一日が終わると身も心も疲れ果てているから、座って君が唯一好きなことに取り組む気力すら失われている。

返す言葉もないですよ、ハイウェイさん。髪の毛玉のことをどうしてご存知なんです？

こちとら赤ん坊じゃないんだよ。

なるほど。でも、何をおっしゃっているのか、まだわからないんです。

君は本物の芸術家になるんだ。

それで、僕にどうしろとおっしゃるんです？　青年は帽子をかぶり直しながら、ほとんど癇癪を起こしたみたいな声で尋ねた。

そこで俺の出番というわけだ。俺は君にいろんなものを提供してやれる。たとえば、うちにただで住まわせてやる。芸術家にはただで泊まる場所が必要だ。俺はディズニランディア通りにでっかい家を持ってて、そこに誰も見たことがないようなコレクションを揃えている。でもマイケル・ジャクソンみたいな変態と間違えてくれるな。俺の好みは自分と同じ年頃のご婦人だ。

ただで住まわせてくれるんですか？　他には？

いろんなことを教えてやる。

たとえば？

ただ飯を食う方法とか、バスにただ乗りする方法とか。街のことも教えてやるよ。この辺についちゃ誰よりも詳しいから、俺が知ってることは何でも教えてやろう。そうだな、まずは街角ごとの物語を話してやる。俺とコネのある連中に紹介してやる。いわば君の親代わりだな。そのうちこの土地に明るくなったら、自分でここに観光ガイド業を立ち上げるといい。話は以上。

でも観光客をどこから連れてくるんです？

向こうから勝手に来るさ。大事なのは、君がこの界隈の物語を話せるってことだ。物語さえあれば、それを聞きに来る連中がすぐに群がってくる。場所もモノも、物語でできてるんだからな。

僕にはそんな自信はありません。

君は物語を書くのが仕事だろう？

ええ。

だったら、ちょっとは自信を持ったらどうだ？

あなたの言うことが正しいということにしておきましょう。ご提案をお受けすることにします。僕はお返しに何をすればいいのでしょう？

特に何も。俺のために書いてくれるだけでいい。

何を書くんです？

俺が依頼することを何でも。まずは俺の物語を書いてもらいたい。俺の歯の話だ。俺が話すから、君が書いてくれ。そいつを百万部売って、儲けた金で俺の歯をすっかり治してもらうのさ。俺が死んだら、そのことも書けばいい。ひとりの人間の物語ってのは、そいつが死ぬまで決して完結しないものだからね。やるべきことは以上。

他には？

そうだな、俺たちがうまくやっていけたら、別の仕事を与えてやってもいい。

たとえば？

たとえばだな、誰かに俺のコレクションを目録にしてもらう必要がある。今の俺が競売にかけているのは、もっぱら自分のコレクションだからな。俺のところには世界最高のコレクションがあるんだ。俺がこの世にいられる時間もそう長くはないから、最後に世紀の大オークションを開きたい。それには目録が必要だ。でもそんなに焦ることはない。さしあたり俺の歯の自伝を書いてくれるだけでいい。

憂鬱な青年ボラヒネがここでようやく微笑んだが、返事はしなかった。

何を笑ってるんだい？

別に。ただ、それを言うなら伝記ですよね、自伝じゃない。

ほう！　君はどうやらいい作家になりそうだ。

どうしてそんなことが言えるんです？

君は笑うときに歯を見せないからだ。真の作家は決して歯を見せたりはしない。偽物のペテン師なら笑うときに邪悪な三日月型の歯を光らせる。調べてみな。君が尊敬してるすべての作家の写真を確かめてごらん、そいつらの歯が永遠に神秘の謎をとどめていることがわかるだろう。たしか、唯一の例外はアルゼンチンのホルヘ・フランシスコ・イシドロ・ルイスって奴だ。

ボルヘスのことですか？

そのとおり。盲目のアルゼンチン人。でも奴は例外だ、目が見えない以上、きっと自分の笑顔を思い浮かべることもできなかっただろう——少なくとも、目が見えなくなってからの笑顔については、ってことだがな。

ボルヘスは僕の神様です。あなたはボルヘスを読んだことがあるのですか？　と、若いボラヒネは子どもみたいにはしゃいで言った。

あまりいい読者じゃなかったから、これから読むとするよ、と俺は言った。

あなたとはうまくやっていけそうな気がしてきました、ハイウェイさん。あなたの伝記を書けるなら僕も嬉しいです。

だから俺の自伝だってば、この石頭め。これは俺の話なんだ。俺が語るから、君はただそれを書き取ればいい。

そうおっしゃるなら。あなたの歯の自伝を書けるなら僕も嬉しいです。

そうこなきゃ。

そのあと午前中はずっと、俺たちはネスカフェを追加注文し、互いの身の上話をし、取引の詳細について打ち合わせた。昼ごろになると、夏の太陽がカフェのコンクリートの床を暖め始めた。ネスカフェが俺たちを初期コカイン中毒者みたいに刺激し、チャイニーズ・フォーチュン・クッキーは最後のひとつまでなくなっていた。

行こう、ボラヒネ、と俺は言い、二十ペソ札をベニート・フアレスの顔を表にしてテーブルに置いた。外に新しい自転車を停めてあるんだ。友だちがさっきくれたばかりなんだ。

僕も外に自転車を停めてます、と青年は言った。

完璧だ。まずは君の荷物を取りに行って、それからディズニランディア通りまで連れていってやる。

了解です。

よし。話は終わりだ。行くか？

今すぐですか？

今すぐだ。

会話は以上。

タキトゥスのフォーチュン・クッキー

該名男子在山頂不降。
頂まで登りつめた者は落ちることはない。

龍仍然在深水變成獵物的螃蟹。
龍も水の底で動かねば蟹の餌となる。

福无重至，祸不单行。
幸運が同時にやってくることはないが、不運がひとつで来ることもない。

當兩兄弟一起工作的山區轉向黃金。
兄弟が力を合わせれば、山は黄金に変わる。

不聞不若聞之，聞之不若見之，見之不若知之，
知之不若行之；學至於行之而止矣。
聞こえないよりは聞こえるほうがよく、聞こえるよりは見えるほうがよく、見えるよりは頭で理解するほうがよく、頭で理解するよりは行動するほうがよい。真の学びは行動の段階まで続く。

風向轉變時，有人築牆，有人造風車。
風向きが変わると、壁を築く者もいれば、風車を建てる者もいる。

舌頭抗拒，因為它是軟的，牙齒產生，因為他們是很難的。
舌は柔らかいから抗うが、歯は硬いから折れる。

把話說到心窩裡。
言葉は胃の入口に置くべし。

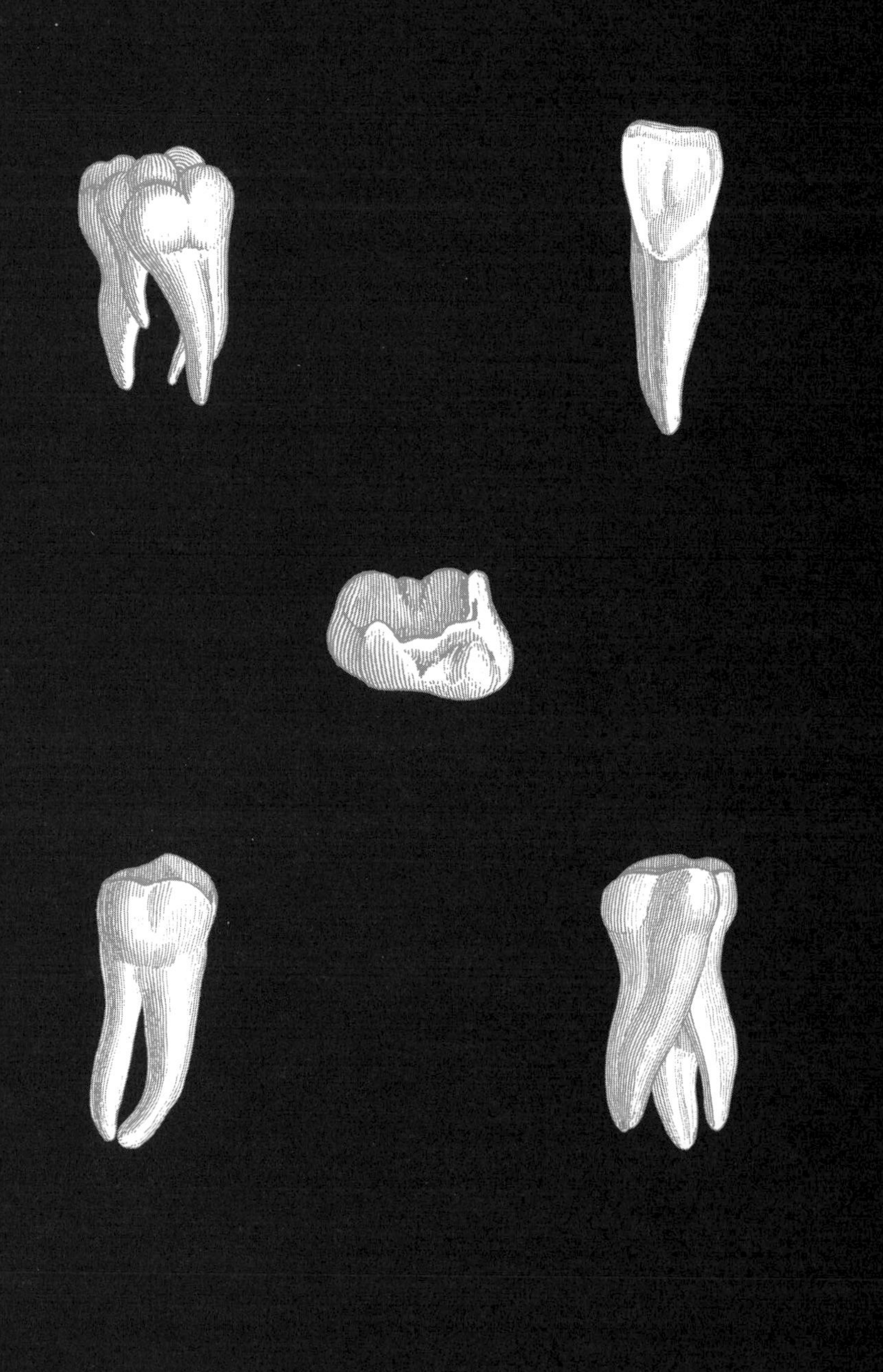

第五の書

寓意法

私は考察を深めていくうちに、基礎に立ち返り、名前の意味論のみならず、その統語論、言葉の形而上学を再考すべきという結論に達した。言葉はいかにして区別されるべきか？　言葉の本質とは何か？

名前とは特殊な言葉である。あまりに特殊であるため言語の一部と見なすべきではないと考える者もいる。私はこの見解に与せず、名前がほかの言葉に似ている点を強調したい。だが、名前がいくつかの点で特殊であるという意見には反論しない。

デイヴィッド・カプラン

この書を俺の物語に含めるべきかどうか確信はない。この部分はひとりでに話が折り重なっていくようで、俺自身も混乱し、動揺し、わけがわからなくなってしまうからだ。そうかといって、なしですますわけにもいかないだろう。

ボラヒネと俺がディズニランディア通りに戻ってくると、我が家と倉庫は強盗に荒らされた後だった。俺のコレクションは消えていて、何ひとつ残っていなかった。最初は心の底から安堵した。それから少し悲しくなった。それから疑念と怒りが湧いてきた。そしてまたもや、さっきより深い悲しみと、安堵感がいっしょくたに、ほとんど無重力状態で押し寄せてきた。

続く数日間は混乱と困難の連続で、これについてはあまり話したくない。俺は集団セラピーを受けた。Ｆ１レースを観戦した。カトリシズムについて考えた。俺は、ナポレオンが歌っているように、南極に迷い込んだツバメみたいに途方に暮れていた。

ある朝、コーヒーを飲んでいたとき、ボラヒネから、歯医者に行って仮の入れ歯をはめてもらうべきだ、そうすれば少なくともまともに飯が食えるようになる、と説得された。俺は少しだけ反発したが、青年の言うことはもっともだったし、俺とて多少頑固ではあるが話のわからない男ではない。新しい入れ歯——安物でやや小さすぎたが実用的だった——をはめてもらうと、俺はさっそく我が歯の自伝の口述を開始した。物語の構成をどうするかでしばらく悩んだが、ボラヒネが〈はじまり〉と〈なか〉と〈おしまい〉とするべきだと指摘してくれて、これが口火を切るのに役立った。

一か月後、俺たちは約束どおり、「芸術家ボラヒネの教育」を開始した。最初のレッスンは、ジュース工場に隣接するギャラリーに俺の息子が残していったいくつかの品を回収して、それをリサイクルすること。奇妙に静かな日曜の深夜一時ごろ、今も工場の運転手をしている友人のエル・ペロがいかしたトラックで迎えに来てくれた。俺たちはセキュリティーチェックのない裏道から侵入した。エル・ペロは路肩にトラックを停めて俺たちに鍵束を渡し、それからボラヒネと俺はギャラリーのある工場脇の小さな建物に忍び込んだ。俺たちはギャラリーの入口の右手にあった事務所から始めた。大して多くは見つからなかったが、ボラヒネがデスクにあったカタログを拾い上げ、それがあとで役立った。俺は鉛筆を何本か頂戴した。ボラヒネはやたらとものを書くから、これもきっと役に立つだろう。

ギャラリーは真っ暗だったので、俺たちは用心しながら進み、防犯カメラに映るとまずいから、大きな照明はつけないことにした。唯一の灯りは、コレクションの品々を照らすスポットライトだった。特殊なライトに照らされたそれらの品々は、あのつかのま拉致された日の朝に初めて見たときよりも美しく見えたと言っておかねばならない。まずビロードの着ぐるみと、譜面台の上の楽譜と、義肢が見えた。

俺は涙もろいタイプじゃないし、映画を見て泣いたりもしない。懐かしい我が歯――教会のオークションで売り払ったもの――が視界に飛び込んできたときも、俺は決して泣かなかった。俺は嬉しさのあまり、いないいた。俺の歯は白い木製の陳列台の上に小さくまとめられ、真上から垂直にスポットライトを浴びていた。それはちょっとした見ものだった。俺は両手でそれらをかき集め、上着のポケットにしまった。

それ以降の作戦は速やかにかつスムーズに進行した。馬を描いた中くらいの大きさの看板にだけは手を焼いたが、俺たち二人でなんとかトラックまで引きずって運び、エル・ペロの手を借りて荷台に載せた。二、三時間後、我が家の倉庫に戻った俺たち三人は、新たなコレクションを吟味しながら、エル・ペロが持ってきてくれたテキーラをラッパ飲みした。エル・ペロはアカプルコチェアの上で眠りに落ちる前に、「幸運に恵まれた男の息子になるより、自分が幸運に恵まれたほうがよっぽどいい」と言った。こんな男には惚れるしかない。

翌朝、俺はボラヒネを七時に起こしてキッチンに連れていった。エル・ペロはすでに帰宅していた――人に余計な面倒をかけない主義なのだ。俺は若い弟子にコーヒーカップとスクライブ社のノートを手渡した。実はあるオークションをやるいいアイデアが浮かんでいて、いいアイデアなんてのは滅多に浮かばない。だからすぐ紙に書き留めてもらいたかった。今度のシリーズは《エカテペックの寓意法》という。俺の友人や近所の知り合いから集めた名前を使って物語を語り――作品をつくったアーティストたちにはそれにふさわしい称賛を与え、ギャラリーで頂戴したカタログを手引きとして――新たに集めた品々をリサイクルするというわけだ。複雑な話はだめだ。最高のアイデアは最高の品と同じくシンプルなのだ。

でもアーティストの実名を使ったら、僕たち捕まりますよ、とボラヒネが言った。

さよう、いいところに気がついた、若者よ。奴らの名前は変えねばならんだろう。

でも名前を変えたら、今度はその品の価値がなくなります、とボラヒネが続けて言った。

いや、そんなことはない。

いえ、あるでしょう。

ボラヒネよ、いいから黙って書きとるんだ。

寓意法――ロットナンバー1　馬を描いた広告看板

アーティスト　ダグ・サンチェス・エイトケン

目録　1M

馬に哀れみの情などありはしないことは誰もが知ってる、と俺はアラン・パウルスに言った。君が目の前に立って泣いているのを見ても、馬は干し草をもぐもぐ嚙んで、瞬くだけだ。君がいっそう激しく泣き、涙と苦痛で目を潤ませようとも、馬はせいぜい尻尾を持ち上げて、のんびり音もなく屁をひるだけだ。馬の心を揺さぶることはできない。一度、馬にぺろぺろ顔を舐められる夢を見たことがある。でもそれは例外だ、なにしろ夢のなかの出来事だからな。

実はマンハッタンのセントラルパークで働いている馬は鬱を患うんだ、と、俺が大胆に披露した説に応えてアラン・パウルスが言った。俺たちはルベン・ダリーオ・ジュニアの新聞スタンドのそばでバスを待っているところだった。俺はアラン・パウルスが、通りの向かいの派手な看板をやや物憂げに見つめていることに気がついた。それはニューヨークのホテルのベッドのそばに立っている馬——おそらく、いやたしかに、いくぶん悲しげな馬——の写真を使った広告だった。

セントラルパークの馬が鬱だとなぜわかる？

彼は俺に、ちょうどニューヨークの馬の心理に関する短い記事を読んだところなんだ、と言った。

どの新聞だ？　と俺は食い下がった。

そこのスタンドで買った新聞でその記事を読んだ。興味があるならこの鞄に入っている――安いが信用できる新聞だ、と彼は言った。フリーだが信頼できる新聞記者が、ニューヨークのセントラルパークの馬は鬱になると書いていた。

そいつらにどうしてそんなことがわかるんだ？　と俺は尋ねた。

実証済みの科学的根拠があるんだよ、とアラン・パウルスは、おそらく少々苛立ちつつ言った。そして新聞を鞄から取り出して開くと、その記事を目で探した。すぐさま見つけると、声に出して記事を読み始めた。適当な場所で間をとり、何度も目を上げては、こちらがちゃんと聞いているか確かめながら。ニューヨークの馬は（1）全速力で駆けてビルの壁に頭と鼻面をぶつける、（2）たてがみは人の手からはみ出るほどある、（3）自分のひづめを剝がれるまで噛む、（4）あらゆるふつうの馬は歩行中に糞をするのに対し、彼らは横になって糞を垂れる、（5）ついには自殺するものもいる。

彼はその短い記事を読み終えると、新聞を畳み直して脇に挟んだ。俺を見て、かすかにほほ笑んだ。俺たちは、通りの向かいにある広告をじっと見つめながら、そろってバスを待ち続けた。

寓意法——ロットナンバー2　光でできた窓

アーティスト　オラファー・サンチェス・エリアソン

目録　5M

引退したお針子のマルゴ・グランツは夕食が終わるまで息子を寝かせておいた。不眠症に悩むマルゴ・グランツは、前の週、自分とは逆にナルコレプシーを患う息子のダビ・ミクロスに苛立っていた。ダビ・ミクロスはドラッグストア〈節約(アオーロ)〉のレジ係をクビになっていた。勤務中に一度ならず居眠りをしたせいだ。彼はその週、一日中、家のそこらじゅうの隅で突然居眠りに陥った。マルゴ・グランツは息子の病状を知らなかったので、息子が怠け者で、やる気がなく、ものぐさなのだと思い込んだ。そして、心中ひそかに、一日のいついかなる時でもすぐに眠りこめる息子を妬んでいた。

月曜の昼過ぎ、ダビ・ミクロスが肘掛け椅子でまたもや折悪しく居眠りに陥ると、マルゴ・グランツは切手を一枚ずつ舐めて息子の額に一列に貼り、郵便局まで運んだ。カウンターに息子をそっと載せると、これをスリナムまで送ってちょうだいと窓口の娘に言った。娘はマルゴ・グランツを見下すようにして、切手が四枚足りないから無理な注文だと答えた。アフリカ便には切手が九枚必要なのに、これには五枚しかない。

スリナムは南米だよ、このあんぽんたん、とマルゴ・グランツは言い返した。

では切手が十二枚要りますね、と娘は訂正した。

さらに娘は、もうじき郵便局が閉まるので明日出直してくるようにと告げた。

マルゴ・グランツはすやすや眠るダビ・ミクロスを両腕で抱えて、次の日も、また次の日も郵便局を訪れた。だがそのたびに足りないものを指摘された。切手一枚、重量超過の理由書、さらなる料金、公的な身分証明書、彼女が書いた首都パラマリボの住所に該当する正しい郵便番号。窓口の娘は――毎回同じではなかったが、ロボットじみた仕草と郵便局員特有のわざとらしい愛想笑いのせいで全員同じに見えた――いつも人を見下したような態度で、翌日またお越しくださいと言った。

七日目となった日曜の朝、マルゴ・グランツは、ダビ・ミクロスを寝かせておくことに決めた。彼女は朝早く起きて熱い風呂に入り、それからペットショップに出かけた。犬が売っていなかったので、一度誰かに飼われたことのあるウサギで間に合わせた。彼女はウサギをコッカースパニエルと名づけた。ウサギはかなりの高齢で、ほとんど歩くこともできず、紐をつけて店から連れて出ようとしても、一向に動こうとしなかった。彼女はウサギを抱きかかえて家に帰ると、居間のダビ・ミクロスがまだ眠っている肘掛け椅子の足元の床に放した。

マルゴ・グランツはキッチンから椅子を居間まで――ゆっくりと、できるだけ大きな音を立てて――運んだ。歌手のテイラー・マックのレコードをかけ、座って脚を組み、声を張り上げて歌い、コッカースパニエルをじっと見つめた。ウサギは実に不機嫌そうな目つきでマルゴ・グランツを睨み返したが、やがて目を閉じ、深い眠りに落ちた。彼女はコッカースパニエルが眠るのに床の上の日当たりのいい場所を選んだことに気づき、深い妬みを覚えた。すぐにでもウサギを郵便局に連れていき、スリナムかどこかに送り飛ばすことを考えた。しかし、あのいまいましい馬鹿げた無能な郵便局が日曜は閉まっていることを思い出し、すぐにその考えを捨てた。そのあとウサギの目を覚まそうとしたが、ウサギは瞼をかすかに動かした程度で、また眠りについた。

マルゴ・グランツは、その日の午後を、息子とコッカースパニエルが眠りこけるのを眺めて過ごした。陽がだんだんと落ちて、窓から差し込む平行四辺形の光が壁に向けて移動するにつれて、ウサギの小さなふわふわした体が床の上をほとんど気づかないほど少しずつ滑り、それが時間の経過を示していた。

ついに陽が沈み、日なたがすっかり消えたとき、コッカースパニエルが目を開けた。マルゴ・グランツはフライパンの柄を握ってウサギのそばに立った。彼女はフライパンの底をウサギの頭に五回打ちつけた。コッカースパニエルが死ぬと、丁寧に皮を剝ぎ、ローズマリーとベイリーフと白ワインで煮込んだ。夕食が済むと、彼女は息子を優しく起こし、居間の窓を大きく開けて、冷たく湿った夜の空気を部屋に入れた。

寓意法——ロットナンバー3　小ネズミと大ネズミの着ぐるみ

アーティスト　ピーター・サンチェス・フィシュリ

目録　3M

平凡な女子高生バレリア・ルイセリは吃音症で、接尾語「〜みたいな」を濫用する癖があった。両親のセニョーラ・ヴァイスとセニョール・フィシュリは、娘の十五歳の誕生日パーティーでスピーチをさせたくて、歌と発声法と話術の教室に通わせた。パーティーは近所のダンスホールで盛大に催されることになっていて、娘はそれまでに特訓を受ける必要があった。

発声法と話術の教室に雇われたのは有名な教師ギジェルモ・シェリダンだった。ギジェルモ・シェリダン先生がバレリア・ルイセリにまず習い覚えさせた文は、「ティトゥス・リウィウスはココナッツ頭、オクタビオ・パスはデカ頭」だった。短い簡単な文だが、彼女がそれを正しく発音できるまでには多大な努力を要した。彼女が言い間違えるたび、ギジェルモ・シェリダン先生はステッキで彼女の手の甲を叩いた。バレリア・ルイセリは、先生が最初のレッスン終了の合図を告げるまで、その同じ文を百十二回言わされた。

その夜、タコのガリシア風とライスの夕食を食べながら、両親は娘に、初めての話術教室はどうだったか、何か役に立つことを覚えたのなら自分たちにも教えてくれるかと尋ねた。

娘はこう言った。

ティトゥス・リウィウスはコカイン頭。

それはどういう意味だい？　と父が尋ねた。

ティトゥス・リウィウスはコカイン頭、と娘は繰り返した。

バレリア・ルイセリの両親は顔を見合わせ、タコの残りを黙々と食べた。

その夜、娘の両親は、ビロード製の小ネズミと大ネズミの着ぐるみを着ると、ほぼ毎晩しているように読書をしたりテレビを見たりせずに、風変わりな、やかましい、絶え間ない性交をした。性交が終わると、夫婦は着ぐるみを半分身につけたまま、横たわって静かに天井を見つめた。

寓意法――ロットナンバー4　糞の山
アーティスト　ダミアン・サンチェス・オルテガ
目録　4M

アルファ・パトロール隊のユリ・エレーラ警部は二〇一一年度の最優秀婦人交通巡査に選ばれた。ある眠れぬ日曜の夜、ユリ・エレーラ警部は『マクベス』の「明日、また明日、また明日と……」で始まる有名な台詞をそっくり暗記した。午前五時二十五分、鏡の前で最後にそれを暗唱すると、髪を後ろにくくってヘアピンとクリップで留めた。それからホイッスルをくわえて一吹きした。

彼女は一分の隙もない制服姿で外に出た。アマポーラ通りとアマポーラス通りの角を曲がったとき、同僚の婦人警官でオメガ・パトロール隊の人質解放交渉担当ビビアン・アベンシュシャンと出くわした。

今日の状況は、アベンシュシャン？　と彼女は尋ねた。

モレロス大通りに10－14、アモール公園に向かって11－27。まだ間に合うわね。

アベンシュシャン警部はエレーラ警部より背が高く屈強だが、二人はどちらも勇敢だった。ちょうどそのとき、公衆サウナ〈クスクス＆チョップスティックス〉の共同オーナー、テレンス・ガワーとルベン・ガヨがそっくりな自転車に乗って通りかかり、二人の婦人警官に手を振った。警官たちは姿勢を正して微笑み、挨拶代わりにホイッスルを吹いた。ちょうどそのとき10－14が通りかかり、茶色の日産〈ツル〉のウィンドウを下げて空のペットボトルを投げてきた。ペットボトルはアベンシュシャン警部の足元に落ち、かっとなった彼女はそれを道路へ向けて思い切り蹴飛ばした。愛想のいい自転車乗りたちのおかげで、毎朝コーラのペットボトルを投げてくる10－14の逮捕にまたもやしくじったのだ。

わたしの人生は糞の山よ、と、アベンシュシャン警部はやや芝居がかった声で言った。ユリ・エレーラ警部は年上ということもあり、日々の嫌な出来事、どれも前の日と同じだが次から次へと起こる嫌な出来事に耐えるのに慣れていたから、警察学校でしか教えてくれない激烈かつ熱烈な口調で、前の晩に暗記したシェイクスピアの独白を相方の前で暗唱した。

アベンシュシャン警部は熱心に耳を傾けつつ、相方の頭がおかしくなったのではないかとぼんやり疑った。しかしすぐにその疑いに蓋をして、エレーラ警部の思いやりへの感謝のしるしにホイッスルを二度吹き鳴らした。そろそろひと休みしてもいいと感じたエレーラ警部とアベンシュシャン警部は、朝の時間が早く経つようにと願いつつ、イサベル一世通りの角にあるトーニョ・オルトゥーニョの屋台〈パンチョ・ビジャのゴルディータ〉で朝食をとることにした。

寓意法——ロットナンバー5　義肢

アーティスト　アブラアム・クルスビジェガス・サンチェス

目録　6M

ある日、ウナムーノは店に卵を買いに行った。ウナムーノは卵を食べなかったが、木製の義肢をつけている女房がオムレツを作りたくなり、夫にダニエル・サルダーニャ・パリスの店まで卵を買いに行かせたのだ。彼女は、卵は茶色じゃなく白いのを買うように、と念を押した。

ウナムーノは茶色の卵がどっさり入った紙袋を抱えて帰宅した。紙袋のなかを覗き、欲しかった色の卵がひとつもないことを知った女房は、バカ！　と怒鳴り、夫にもう一度白い卵を買いに店に行かせた。

ウナムーノは店に戻り、今度は白い卵を買った。家に帰ると女房はベッドで眠っていた。彼女はいつも昼前にうたた寝するときのように、木製の義肢を外してロールトップデスクに立てかけていた。

すると、ウナムーノはカーペットを敷いた床に卵の入った袋を置くと、義肢を手に取り、女房が目を覚ますまで六回殴りつけた。

寓意法——ロットナンバー6　蝙蝠

アーティスト　ミゲル・サンチェス・カルデロン

目録　6M

ギジェルモ・ファダネジが、自分の名前の由来であるホルヘ・ギジェルモ・フェデリコ・

ヘーゲルの『精神現象学』を読んでいると、突然、ひとりの小人が彼のいたレストラン〈上海の星〉に入ってきて、椅子を引いて向かいに座った。小人はプーシキンと名乗った。ウェイターにビールをそれぞれ一杯ずつ注文したあと、プーシキンが泣き出した。この涙の理由は親父がろくでなしだったからだ、とプーシキンはギジェルモ・ファダネジに語った。実際にプーシキンの使ったのはロシア語の《どんじゅあん》という言葉で、それが「ろくでなし」を意味するかどうかは定かではない。

プーシキンは半時間後に出ていった。その直後に別の小人がレストランに入ってきて、同じ席に座った。ギジェルモ・ファダネジはその小人にも酒をおごってやった。小人はポケットからハンカチを取り出し、頰を伝う涙を拭い、盛大に鼻をかんだあと、自分は名前をゴーゴリといい、自分が不幸なのは父親が堕落していたことを知ったからだと言った。このとき彼が使ったのはロシア語の《ゔぃらじゅだっつぁ》という言葉だった。どう見ても「堕落した」という訳語が正しいように思われる。

ゴーゴリが出ていくと、三人目の小人がレストランに入ってきた。予想どおり、そいつも前の二人と同じルートを辿って同じ席についた。小人が鼻をかんだのを見届けると、ギジェルモ・ファダネジはこう言った。あててやる、あんたの名前はドストエフスキーで、あんたが不幸なのは嫁がロシア語で《とぅるーてに》、「怠け者」だからだな。小人は驚いて彼を見つめた。どうしてそんなことをおっしゃるのですか？　と小人はビールをごくごく飲んでから彼に尋ねた。ギジェルモ・ファダネジは「声の熱っぽさでわかったよ（ダガダールスャ・パ・ガリャーチノスチ・スヴォエヴォー・ゴーラサ）」と言うと、かすかに皮肉っぽい笑みを浮かべた。あなたは間違ってますよ、ギジェルモさん。私の名前はダニイル・ハルムスで、鼻をかんでいたのは花粉症のせいです。

ちょうどそのとき、ウェイターがチャイニーズ・フォーチュン・クッキーの籠を持って近づいてきた。ギジェルモ・ファダネジはひとつを手に取り、卵を割るようにして半分に割った。彼はなかにあったおみくじをテーブルに落とした。それからゆっくりそれを開くと、声に出して読み始めた。

歴史の蝙蝠と聞けばこんなものが思い浮かぶ。その顔は過去を向いている。我々人間には一連の出来事に見えているものを、彼はただひとつのカタストロフと見、そのカタストロフが廃墟の上に廃墟を積み重ね、それを自分の足元に投げつけるのだ。かなうことならそこで踏みとどまり、死者たちを目覚めさせ、瓦礫の山を元に戻してやりたいのだが、楽園から吹いてくるハリケーンに翼を絡めとられ、それが輝く光の結び目になり、この結び目があまりにきついので、天使はもはや翼を閉じることもできなくなる。このハリケーンが彼を、それまで背を向けていた未来へと否応なく押し流し、瓦礫の山は彼の目の前で天まで届きそうに高くなる。このハリケーンこそ、我々が進歩と呼ぶものなのだ（ヴァルター・ベンヤミン、引用にあたって若干の修正を施した）。

おみくじに書いてあったのはそれだけですか？　とダニイル・ハルムスが尋ねた。

そうだ、とギジェルモ・ファダネジは答えた。

信じられない、とハルムスは言い返し、銃でファダネジの眉間を撃ち抜いた。

それからウェイターがまだ持っていた籠からクッキーをひとつ取り出した。今は亡き会食者の真似をしてそれを左右均等に割り、テーブルにおみくじを落とし、拾い上げ、そして読んだ。


タケノコをかじるときは、それを植えた男のことを思い出せ。

寓意法――ロットナンバー7　バオバブの盆栽
アーティスト　サム・サンチェス・デュラント
目録　3・5M

マリオ・レブレーロはうんざりするようなひと月を送っていた。九月も終わろうというのに生命保険証書がひとつも売れておらず、もはや死を恐れている人間などひとりもいないように思えた。金曜日、勤務先の〈エヴリー・ミニッツ・インシュアランス〉のオフィスを出た彼は、セニョール・アレハンドロ・サンブラの園芸店に行き、バオバブの木の盆栽を購入した。自分があまりに無力だと痛感した彼は、そのミニチュアの植物の枝で首つり自殺を試みた。かろうじて失敗に終わった。

寓意法——ロットナンバー8　犬の剝製
アーティスト　マウリツィオ・サンチェス・カテラン
目録　2・3M

何年か前、M100号線のバス運転手アルバロ・エンリゲが、レボルシオン大通りで足の不自由な老女をこともあろうに轢き殺そうとした。彼は短くもぞっとする刑期を務めた。ある日の午後、俺は釈放後の彼とセニョーラ・アブラモのバー〈光あれ〉で会った。彼は俺に、あの運命の日、公証人のフアン・ホセ・アレオラがロマ・ボニータ通りとインテリオール大通りの角でバスに乗り込んできたのだと語った。アルバロ・エンリゲは公証人を見たとたん、そいつの存在が不吉な予兆だと気がついた。現実に、次の停留所で、オスカル・デ・パブロとペドロ・デ・パブロを名乗るワイシャツ姿の互いに瓜ふたつの双子が、眠っている犬を抱えた車いすの女性をバスの車内に運んできた。二人は女性を車いすから持ち上げると、公証人の隣の席に座らせ、無言でバスを降りた。犬はその老女のたるんだ腕のなかで赤ん坊のようにすやすや眠っていた。

二ブロック過ぎたところで、その女性が次の停留所を尋ね、降りますと言った。停留所では、先ほどと同じワイシャツ姿の若者たちが、空の車いすを支えて彼女を待っていた。二人はバスに乗り込み、老女を持ち上げると、外に連れ出し、腕のなかでまだすやすや眠っている犬もろとも、元どおり車いすに座らせた。そこから二、三ブロック行くと、また同じ二人の男と同じ車いすの女性が手を振ってバスを停めた。彼らは前回と同じ手順を繰り返し、そして二ブロック先で女性がまた、降りますと言って、バスを停めるよう要求した。

この間、公証人のファン・ホセ・アレオラは疲れ切った風情を装い、その明らかに不条理で、運転手にも何人かの乗客にも耐えがたい状況に対して何も言えず、何もできずにいた。

バランカ通りでセニョール・パコ・ゴールドマン・モリーナとセニョーラ・グアダルーペ・ネッテルがバスに乗り込んできた。彼らはギターを取り出すと、『ラ・グアナバナ』を歌い出した。アルバロ・エンリゲの顔にかすかな笑みが浮かんだ。運転手はレボルシオン大通りを右に曲がったところで、パコとグアダルーペに『ラ・バラハ』をリクエストした。パコ・ゴールドマンが歌い、グアダルーペ・ネッテルがギターをかき鳴らすあいだ、足の不自由な老女と眠る犬の乗り降りが、不吉な予兆の双子の助けを借りて、またもや繰り返された。

アルバロ・エンリゲの我慢は限界に達した。彼のよく知られたスパルタ的忍耐の半分空っぽの器の水が涸れ切ってしまった。レボルシオン大通りとペリオディスモ通りの角で、邪悪なスフィンクスのように立つワイシャツ姿の双子が、車いすの女性と、憎たらしいほどすやすや眠りこける犬の横で、手を振ってバスを停めようとしたとき、彼はその四者めがけてバスを直進させた。双子と、実は麻痺などしていなかった老女は、片側に飛びのいてバスをかわした。しかしながら犬は、不運にも轢かれて死んだ。

寓意法──ロットナンバー9　譜面台の上の楽譜
アーティスト　フェルナンド・サンチェス・オルテガ
目録　3M

マリオ・ベジャティンとセサル・アイラは、黒いジャケット姿の背筋を伸ばし、サングラスをかけ直し、目の前の楽譜をじっと見つめた。そろって深く息を吸い、二人はハ長調で歌い出した。「主は羊飼い、わたしには何も欠けることが……」

寓意法は以上。俺は口述を終えると、ボラヒネと自分のためにパンとトマトで軽食をつくり、二人でアカプルコチェアに座ってテレビを見始めた。まったく世の中ってやつは、いつ何を大げさに騒ぎ立てるか、わかったもんじゃない。ニュース速報を告げる警報ベルが鳴り響いていた。ジュース工場に隣接するギャラリーからの大規模な盗難が報じられていた。警察は容疑者を拘束し、氏名は明かされていないが工場の関係者だという。俺たちが最初に危惧したのはエル・ペロのことだった。それと、自分たちのことも若干。だがエル・ペロの家に電話すると、奥さんが出て、旦那は昼寝中だと言った。逮捕されたのはきっとシッダールタに違いない。

そうじゃないかい、ボラヒネよ？

でしょうね、ハイウェイさん、間違いありません。

とはいえ、俺たちも、例の品々をできるだけ速やかに処理することに決めた。その日の夜、俺たちは、エル・ペロのトラックに乗せてもらい、鉄道通りのセニョール・イバルグエンゴイティアの廃品置き場へと向かった。俺たちはギャラリーから盗んだ品々と引き換えに百ペソをもらった。

これで、それから先は幸せに暮らしました、って言えるよな、ボラヒネよ？

ですね、ハイウェイさん。

じゃあ、そう書いてもらうとして、そろそろご婦人がたと会いに行かないか。

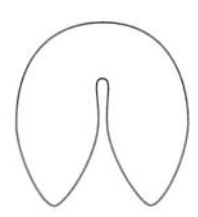

會偷蛋，就會偷牛。

卵を盗む者は牛も盗む。

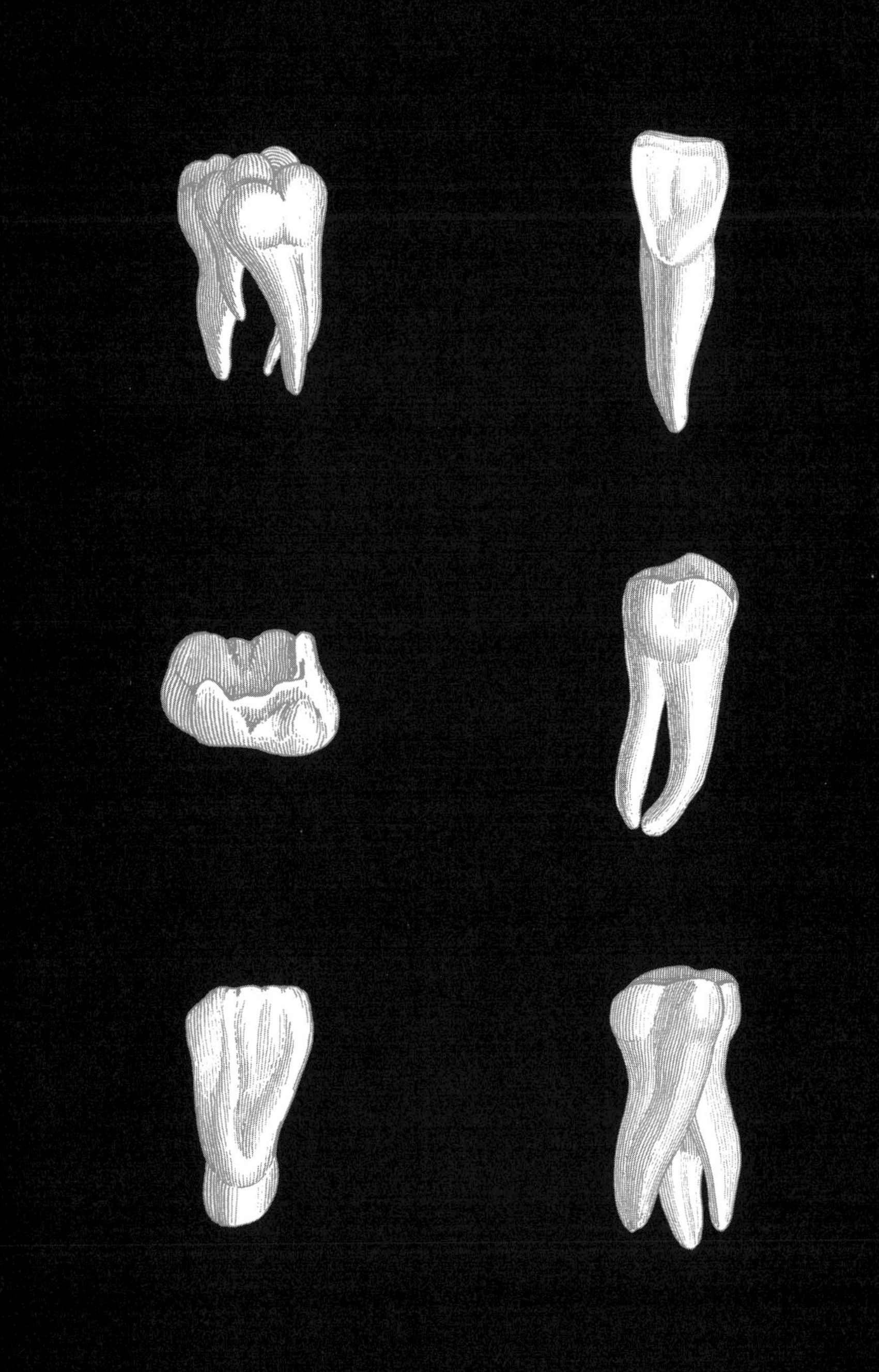

第六の書

省略法

「『ウェイヴァリー』の著者」が「スコット」以外の何かを意味するなら、「スコットは『ウェイヴァリー』の著者である」というのは正しくないことになるが、そうではない。「『ウェイヴァリー』の著者」が「スコット」を意味するなら、「スコットは『ウェイヴァリー』の著者である」は同語反復になるはずだが、そうではない。ということは、「『ウェイヴァリー』の著者」が「スコット」を意味せず、他の何をも意味しないのであれば、すなわち「『ウェイヴァリー』の著者」は無を意味するということになる。

バートランド・ラッセル

私がハイウェイと知り合ったとき、彼は病気で衰弱していた。鏡に映る姿を見るたびに、まるで雌鶏みたいだな、と言っては、コッコッと鳴いてみせた。実際、わずかに残った髪の毛はとさかみたいに逆立っていたし、痩せこけて、両脚は骨と筋ばかりなのに、腹だけはまるまると出っ張っていた。彼は最愛の義歯を失くしたせいで、話すというごく当たり前の動作が、不可能とまでは言わないが、絶えざる屈辱感との闘いになっていた。しかしハイウェイは実に呑気な男だった。朝は決まって早起きで機嫌がよく、ラジオをいい音楽を流す局に合わせ、私と自分のためにコーヒーを淹れた。少しして私がキッチンで合流し、彼の話を聞きながらノートを取る準備をするのだった。

ハイウェイが自分の物語を最初に語ってくれたとき、私は彼のことを虚言癖のある人だと思った。しかし彼と暮らすうちに、それは嘘というよりもむしろ、真実をしのぐものであることに気がついた。ハイウェイは広大にして不滅の精神を備えた人間だった。彼の存在自体がときに脅威でもあった——誰かに対する現実の脅威というのではなく、彼の苛烈なまでの自由さに比べれば、私たちがふだん自らの行動を測るのに用いるあらゆる判断基準が実につまらないものに思えるからだ。ハイウェイはふつうの男よりもずっと活力があった。死後、今なお、彼が急いで走り去る姿を見たとか、彼がどこかの場所に引き寄せられていくのを見たと思い込んでいる人々がいるが、そんなときハイウェイはいつも、ジュース工場の外にあるガワー自転車パビリオン［図1］で入手したあの自転車に乗っているという。エル・ペロも、朝、ちょうど夜明けごろになると、このえぐれた盆地を区切る丘陵のてっぺんのひとつにハイウェイの姿が見えるといつも言っている。

私は彼の物語を書き取り、昔の同居人たちがそれを〈文化コーナー〉［図2］にある印刷機で小さな冊子にしてくれた。ハイウェイがその冊子を見ることはなかったが、きっと誇りに思ってくれただろう。書き取りの仕事のお返しとして、ハイウェイは私に食事と住居を提供してくれたばかりか、教育まで施してくれた。彼は毎日のようにエカテペックの街中を徒歩か自転車で案内してくれた。私がいつか地域で初の観光ガイドになれると信じていたのだ。最初は愚かな考えに思えた。この世に無というものを具現化した場所があるとしたら、エカテペック・デ・モレロスこそ、まさしくそこだったからだ。ところが、しばらくするうち、他のほぼすべてについても言えることだが、私はそれに関してもハイウェイが正しいと信じるようになった。彼の物語を聞いていると、エカテペックもなんだか住みやすい町に思えてくる。私がこれらの物語を語っていけば、いつかはきっと、よそから人々が訪れる場所になるだろう。

出会ったその日、私は「ダーリン」と「思いやり」とシェアしていたアパートからわずかな荷物を引き取り、自転車でディズニランディア通り［図3］にあるハイウェイの家［図4］に引っ越した。敷地に入って最初に訪れたのは倉庫だった。彼はまるで寺院にでも入っていくかのように私をなかに案内した。ハイウェイは無言でゆっくり歩き回り、でこぼこの輪郭の歯のない笑みが浮かんでいた。私は彼の数歩あとに続いた。ハイウェイはがらんとした倉庫の隅を指さして、もはやそこに存在しない品の数々を列挙し始めた。まずは当然ながら歯のコレクション、さらに古地図、自動車の部品、ロシアの人形、考え得るあらゆる言語の新聞、古いコイン、切った爪、自転車、ベル、ドア、ベルト、セーター、石、ミシン。彼はその「我が収集品の一大コレクション」を熱っぽく案内してくれた。あれが悲しい時間だったのか、光り輝く時間だったのか、私にはなんとも言いがたい。

ハイウェイはかつて、想像もつかないほど多様で豊かなコレクションを所有していた。彼は形あるモノを心から愛する男だった。そして、その愛は、モノの現実的で物理的な価値を超越していた。彼にとって、モノの価値とは、なんらかの方法でそこに静かに封じ込められているものだ。ハイウェイはごく幼いころから、道で拾ったコインやクラスメイトのシャツからちぎれたボタン、さらには父が切った爪や、母の髪に至るまで、収集可能だと思うものならなんでもこつこつ集める衝動に身を任せてきた。

彼は四十二歳という、遅いが遅すぎることもない年齢になって初めて、自分の天職が競売であることを発見した。当時、彼はフラカと結婚して二年、息子のシッダールタはまだよちよち歩きの赤ん坊だった。人生はこれからだった。ところが、ハイウェイが奨学金を得て競売の特進コースを受講しにアメリカに旅立つと、フラカは彼を捨てる。夫が不在のあいだ、自分と同じ社会階層に属す、ユカタン出身の、骨の髄までカトリック教徒の男と出会い、で、シッダールタを連れて男のもとへ転がり込んだのだ。フラカは数年後に亡くなったが、遺言シッダールタは養父の手で育てるようにと勝手に決めていた。ハイウェイは法律に明るくなかったから、フラカの遺言が何の法的効力も持たないことに気づいていなかったのだろう。私の印象では、ハイウェイはこの顚末で受けたダメージから決して立ち直れなかったが、苦痛をやり過ごすだけの精神的余裕はじゅうぶんあったように思う。

アメリカで受けた特訓や競売人としての天性の才能にもかかわらず、実際のところ、メキシコに凱旋したハイウェイは仕事に恵まれなかった。彼はローンを組んで生まれ育った地区に小さな土地を買い、ディズニランディア通りに面した、色とりどりだが住むのに適しているとはとうてい言いがたい家を建てた。これが、ハイウェイが二十年以上暮らすことになる家だ。ハイウェイは自宅の隣に倉庫を建て、その上に手製の〈オクラホマ＝ヴァン・ダイク・オークションハウス〉という看板を掲げた。

続く二年間、ハイウェイは自宅にこもり、事実上の自主亡命状態となる。家から出るのは、角の雑貨屋に缶詰を買いに行くのと、有名な廃品回収業者ホルヘ・イバルグエンゴイティアの廃品置き場［図5］にいろんな品を探しに行くときだけ。毎週、目を引く品を買ったり、交換したり、拾ったりしつつ、たまの日曜には自宅で内輪のオークションを開いた。だが、この新しい事業も完全に軌道に乗ることはなかった。日曜のオークションに客が来たとしても、病的な好奇心を持つ近所の住民か、浮浪者か酔っぱらいが関の山だった。オークションの品を競り落とす奴などひとりもいなかったから、次第に倉庫は役に立たないモノでいっぱいになっていった。そのせいで、ハイウェイは、彼自身も経験したことがないほど落ち込んでしまったに違いない。

時が経ち、ディズニランディア通りの善良な隣人カルロス・ベラスケスが、ある日シッダールタに連絡を取り、ハイウェイの「ポップコーンが弾けた」ことを知らせた。奴はもうおしまいだ、という意味である。見たところ、奴はもう食糧を買ったりモノを漁りに家を出ることすらなくなっている。ときどき家の玄関の外にアカプルコチェアを出しては、座ってぼんやり日向ぼっこしている。そこで何時間もじっとしたまま、空を見つめ、ときどきコレクションのどれかを布で磨いている。別の隣人ライア・フフレサによると、ハイウェイは死にかけで、死体さながらの姿だったという。「目は二つの裸電球みたいでした、白い蛍光の」。死が間近に迫っていた。

性悪な野心満々のドブネズミ、息子のシッダールタは、これは父親のコレクションを奪い取る絶好のチャンスだと考えた。価値があると思っていたというよりはむしろ、自分を示すための恰好の材料になると考えたのだ。世のたいていのキュレーターがそうであるように、彼もまた自分だけの作品が欲しかった――これ以上好都合な出発点があるだろうか？　自分ひとりではどうにもできないと知ったシッダールタは、地元の神父に相談することにした。彼は神父にオークションの開催を持ちかけ、得られた収益は妥当な割合で教会の利益にしてくれと言った。息子からハイウェイの苦境を聞いた聖アポロニア教会のルイジ・アマラ神父は、こいつは一石二鳥だな、どっちを向いても金が転がり込んでくるぞと考えた。神父はある朝ハイウェイを訪ね、教会との「合同オークション」を持ちかけた。取引は成立した。

オークションの二、三日前、シッダールタはルイジ神父に、ハイウェイにサインさせるよう遺言状を手渡した。そこには、我らが英雄が、息子にコレクションをすべて遺贈する旨が記されていた。オークション当日の朝、ハイウェイは、教会の聖具室で出番を待つあいだ、中身も読まず書類にサインした。そのサインで自分の全人生をかけたものがシッダールタの手に渡ってしまうことに彼が気づいていたか、私には知る由もない。だが、じっくり時間をかけて考えたあとで、今はなんとなくわかっていたのではないかという気がしている。あの日、すべての品を競りにかけたハイウェイが、シッダールタの目をじっと見て、俺とこの歯に最初の値をつけるのはどなたかな？　と尋ねたときの、余裕綽々の皮肉っぽい態度も、そう考えると説明がつくのではなかろうか？

実のところ、私たちが初めて出会った朝の前日、ハイウェイと彼の歯は、息子のシッダールタ・サンチェス・トスタードによって安値で落札されていた。それに続いて起きたことについては諸説ある。オークションのあと、シッダールタがハイウェイに多量の麻酔薬を投与し、哀れな父親が果てしなく長く深い眠りに落ちた隙に歯科衛生技師の診療所に運び、そこで二名の医者が彼の大切な歯を抜いたという説。もうひとつは、オークションが終わると、父と子は決着をつけるために酒場へ行き、しこたま酔っ払ったあげく、ハイウェイがシッダールタに車のところまで引きずられていくあいだ、アスファルトに顔面を何度もぶつけたせいで、単に歯が折れたのだという説。後者は嘘くさい。あの日に関する二つの説のどちらが真実なのか、ハイウェイは私に決して明かしてくれなかったが、きっとはっきり覚えていなかっただけなのだろう。私は最初の説が正しいと思っている。二人の邪悪な医者が、二人よりさらに外道なシッダールタの命令で、彼の歯を抜き去ったのだ。

まったくもって確かなことは、ビデオに録画された証拠が示しているように、オークションの日の夜、シッダールタが父親をフメックス・アートギャラリーのホールに放置したことだ。正確に言うと、シッダールタはある部屋にハイウェイを投げ捨て、その部屋の四方の壁は映像によるインスタレーションになっていて、そこに映る四人のピエロが鑑賞者をまるで興味がなさそうな表情で見つめては、ときどき瞬いたり、ため息をついたりしていた――それは著名なアーティスト、ウーゴ・ロンディノーネによるいくぶん恐ろしくも印象的な作品だった［図6］。シッダールタは、ロンディノーネのピエロのインスタレーションの前に父親を置き去りにしてから、ギャラリーの視聴覚防犯機器室に行き、そこから拡声器を利用して父親と遠隔会話を試みた。会話といっても一方的なものだ。シッダールタはあらゆる手段を駆使して父親を苦しめ、辱しめ、おそらくその先も利用するつもりだったのだろう、それをすべて録画した。彼はハイウェイに、ロシア革命の研究書だの白いフォルクスワーゲンだのを探せといった気まぐれな指令を次々に与えた。しかし、我らが地元の英雄は、そんなことでくじけるタマではなかった。不屈のハイウェイは、「亡霊たちの部屋」——その話をするとき、彼はあの場所をよくこう呼んだ——から脱出するだけの力がようやく湧いてくると、自転車にまたがり、いまや伝説となったソノラ・オリエンテ通りを、夜明けの太陽を目指して突っ走り、ここに来てようやく私たち二人が邂逅することになる。

すべてを失ったことを知ってからの数日間は、ハイウェイにとってつらい日々となった。彼は厳かな沈黙を守り、ときたま口を開けば、「俺は恐ろしい人間になってしまった気がする」と言った。「実は俺は爬虫類になったのさ。爬虫類ってのはあまりに愚かで、脳をめいっぱい使っても、せいぜい恐怖を感じることしかできないって知ってるかい？」私は彼に、当座しのぎの入れ歯を使ってみてはどうかと勧めた。そうすれば、まともに食事もできるし、彼の歯の自伝の口述筆記にも着手できるのではないかと。彼も最初は嫌がったが、ついに私の提案を受け容れ、こうして私たちは仕事に取りかかったのだった。

　しかし、ハイウェイはなおも完全には立ち直れないまま、いわば灰色のもやに包まれて生きていた。こうした日々のなか、彼は自らすすんで〈ふくろう（エル・ブオ）〉銃器修理工房の隣にあるペンサドーレス・メヒカーノス通りのノイローゼ・アノニマスの会〈静寂の集団〉に通うようになった［図7］。ハイウェイが〈静寂の集団〉に通って四週間、最初はうまくいかなかったが、やがてはいい方向に向かうことになる。うまくいかなかったのは、最初の集まりで、本当はそうではないのに自分が病人であると思い込んでしまったからで、あやうくカトリックの修道院に隠遁しようと思いかけたほどだ。それがいい方向に向かったのは、二週目の集まりで、労働組合幹部の古株ラ・エルビスと知り合い、三回目のグループセッションで自分の話を聞いた彼女から、あなたは決してノイローゼなどではない、それどころか立派な人である、精神的にも感情的にも健全だ、あなたのその糞みたいなドラ息子はあなたの法的所有物を簒奪しているのだと説得されてからのことだった。ラ・エルビスはハイウェイに、ジュース工場に隣接するギャラリーで歯の山が展示されているのを見かけたことがある、誰かの芸術作品みたいに陳列してあったと伝え、彼に行動を起こすよう促した。ハイウェイは自分の正しさが証明されたような気がした。

　それからの数日間、私たちは工場のギャラリーに通い、法的には彼の所有物である品々を取り返すとともに、将来オークションにかけられそうな他の品もいくつかくすねてきた。その将来のオークションのアイデアについては特に進展はなかったが、ハイウェイは例のマリリンの歯を取り戻し、旧友のルイス・フェリペ・ファブレの手を借りて、それらを自分の入れ歯にはめ込んだ。彼は思った。いつの日かお金がじゅうぶん貯まったら、自分の手でこれをもう一度インプラントするのだと。しかし今のところは、気分次第で入れ歯を装着するのみだった。要するに、ときにはめ、ときに外していた。

新たな歯を得たハイウェイは、人生最後の数か月、平穏に生きる意志を取り戻した。毎晩、私たちは近所のバーで「芸術家ボラヒネの教育」を実践した。特に〈夜の秘め事〉という名の店［図8］がお気に入りの場所となった。私たちはここでファン・シレロルという若いシンガーソングライターと知り合い、ハイウェイはこの店で数週間、彼を相手に毎晩パフォーマンスをやった。私は二人が、どちらからともなく誘われるように、ジョニー・キャッシュの名曲『ハイウェイマン』をデュエットし、そのあとシレロルの、いまや誰もが知るところとなった『メタンフェタ』を熱唱した夜もそこに居合わせた。バーの閉店時刻が近づくと、オーナーはよくハイウェイに物語のオークションをやらせた。ハイウェイがいまや完全に極めた名高い寓意の術をついに人前で披露した場所もやはり〈夜の秘め事〉だった。寓意の術で競りにかけられるのはモノではなく、モノに価値と意味を与える物語だ。ハイウェイによれば、寓意の術とは「ポスト資本主義的でラディカルなリサイクル型オークションであり、歴史のゴミ溜めという存在論的危機から世界を救うはず」のものだった。

洒れることなき創意の持ち主ハイウェイは、その人生最後の舞台で、入れ歯が外れかかる瞬間を利用して、それをまるごと取り出すパフォーマンスを身につけた。彼はフラメンコのダンサーがカスタネットを持つようにして入れ歯を握り、その場の流れに応じて、喋らせたり、歌わせたり、かつて自らのコレクションの一部だった失われた品々に関するめくるめく物語を語らせたりした。店にはますます多くの客がハイウェイ見たさに集まるようになり、彼のいつもの「さてここに見えているのに、ほらもうないよ」の入れ歯と、彼がその歯に語らせ、売り出す物語の数々に夢中になった。

彼はいつも同じ台詞で話し出した。「俺の名はハイウェイ、世界一の競売人だ。ラムを二杯飲めばジャニス・ジョプリンの物真似ができる。クリストファー・コロンブスの有名な逸話みたいに卵をテーブルの上にまっすぐ立てられる。チャイニーズ・フォーチュン・クッキーの意味を読み解ける。日本語で八まで教えられる。イチ、ニ、サン、シ、ゴ、ロク、シチ、ハチ。仰向けになって水に浮かぶことができる」。

ハイウェイは、バー〈夜の秘め事〉の隣にあるモーテル〈おはよう(ブエノスディアス)〉で、三人の美女に囲まれて息を引き取った。寓意の術によるオークションを終え、アンコールでジャニス・ジョプリンの『メルセデス・ベンツ』を歌った夜のことだった。彼が亡くなった翌朝、私はモーテルの管理人から電話をもらい、すぐさまエル・ペロとモーテルに駆けつけた。私たちは生前のハイウェイの指示に従い、その灰を麗しき風の町パチューカの中央分離帯に立つファイバーグラス製の恐竜たち［図9］の足元に撒いた。私は約束を守り、続く数か月のあいだに彼の歯の自伝を仕上げた。エル・ペロはハイウェイの息子に、彼が死の床のナイトテーブルに、入れ歯を水に浸したグラスの下に挟んで置いていたメモを忘れずに届けた。そこにはこんなことが書いてあった。

トラブルに巻き込んですまない
息子を刑務所に行かせるなんて
俺は決していい父親じゃなかった
お前から頼まれたものを
見つける余裕もなかった
だがここに俺の歯を遺しておく
それとコップ一杯の水も
俺のコレクションも
すべてお前のものにしていい
マリリン・モンローの歯もだ
どうせ何もかも偽物だから。

1　ガワー自転車パビリオン

© フランシスコ・コチェン

自転車に乗った大人を見るたび、
人類の未来に絶望せずにすむ。

H. G. ウェルズ

2 〈文化コーナー〉

© ハビエル・リベロ、エル・ペロ

私が書いてきたノートたち。一冊は悲しいまでに無力で、もう一冊は悲しいまでに空っぽで、無駄な期待に満ちている。この世でもっとも困難で、もっともつらい待機、それは自分自身を待つことだ。ここに私が何かを書いたとすれば、それは私も自分自身を長いこと待ち続けてきたけれど、いまだに現われていないことの告白になるだろう。

ホセフィーナ・ビセンス

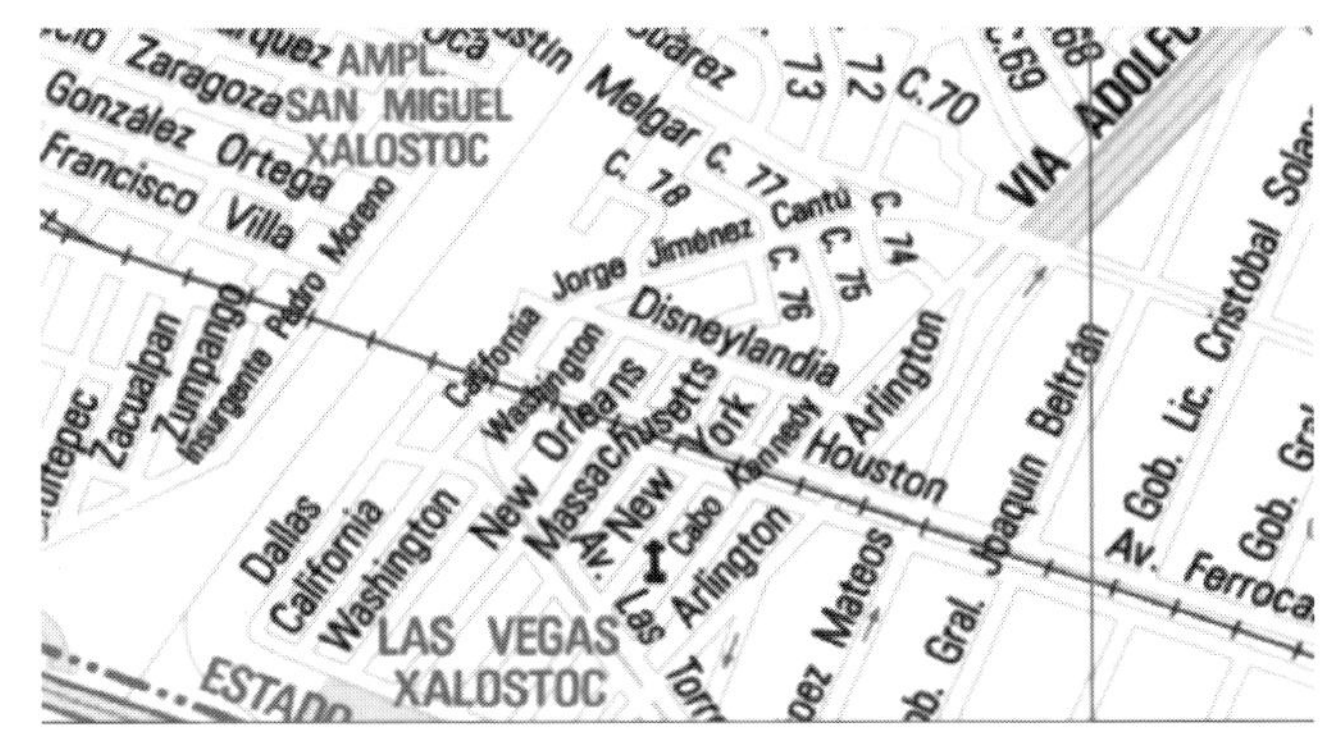

3　ディズニランディア通り

©『ギア・ロヒ　メキシコ市詳細地図』

事物とは、それ自体は不愉快かまたは下らないが、
模倣されたとたん、しばしば愉快になったりするものだ。

ウィリアム・ハズリット

4　ハイウェイの家

©バレリア・ルイセリ

ディズニーランドとは、それ以外の場こそすべて実在だと思わせるために空想として設置された。

ジャン・ボードリヤール

5　エカテペックの廃品置き場

© ハビエル・リベロ、エル・ペロ

スペイン語とは我々が先祖から受け継いだ古いウェディングドレスであり、我々はこれを手つかずのまま保存せねばならない。[…] だが、そんなアンティークのウェディングドレスを着たところで骸骨に見えるのが関の山だ。防虫剤を挟んで大事にしまっておくくらいなら、切り刻んでシャツでも作るほうがよい。

ホルヘ・イバルグエンゴイティア

6　ウーゴ・ロンディノーネ《我々はここからどこへ行く》
© フメックス・コレクション、メキシコ

ファンシウールは私に、決定的な争う余地のない方法で、芸術の陶酔こそは他の何ものにもまさって奈落の恐怖を覆うに適したものであり、天才はその墓穴の縁に於ても、なお彼にそれを見ることを遮る歓喜を以て、実に彼の如く、墓穴と破滅との一切の観念を排した天国に没入して、喜劇を演じうることを証明した。

シャルル・ボードレール

7　ノイローゼ・アノニマスの会と銃器修理工房

© ハビエル・リベロ、エル・ペロ

神経衰弱とは／私が初期作品の執筆の折に授かった贈り物である。

ルベン・ダリーオ

8 〈夜の秘め事〉

© ハビエル・リベロ、エル・ペロ

独創性とは思慮深い模倣以外の何ものでもない。
もっとも独創的な作家は互いに貸し借りするものだ。

ヴォルテール

9　パチューカの中央分離帯と
グラスファイバー製の恐竜たち
© エル・プルケ

行くなら手ぶらで去ってくれ。

ホセ・マリア・ナポレオン

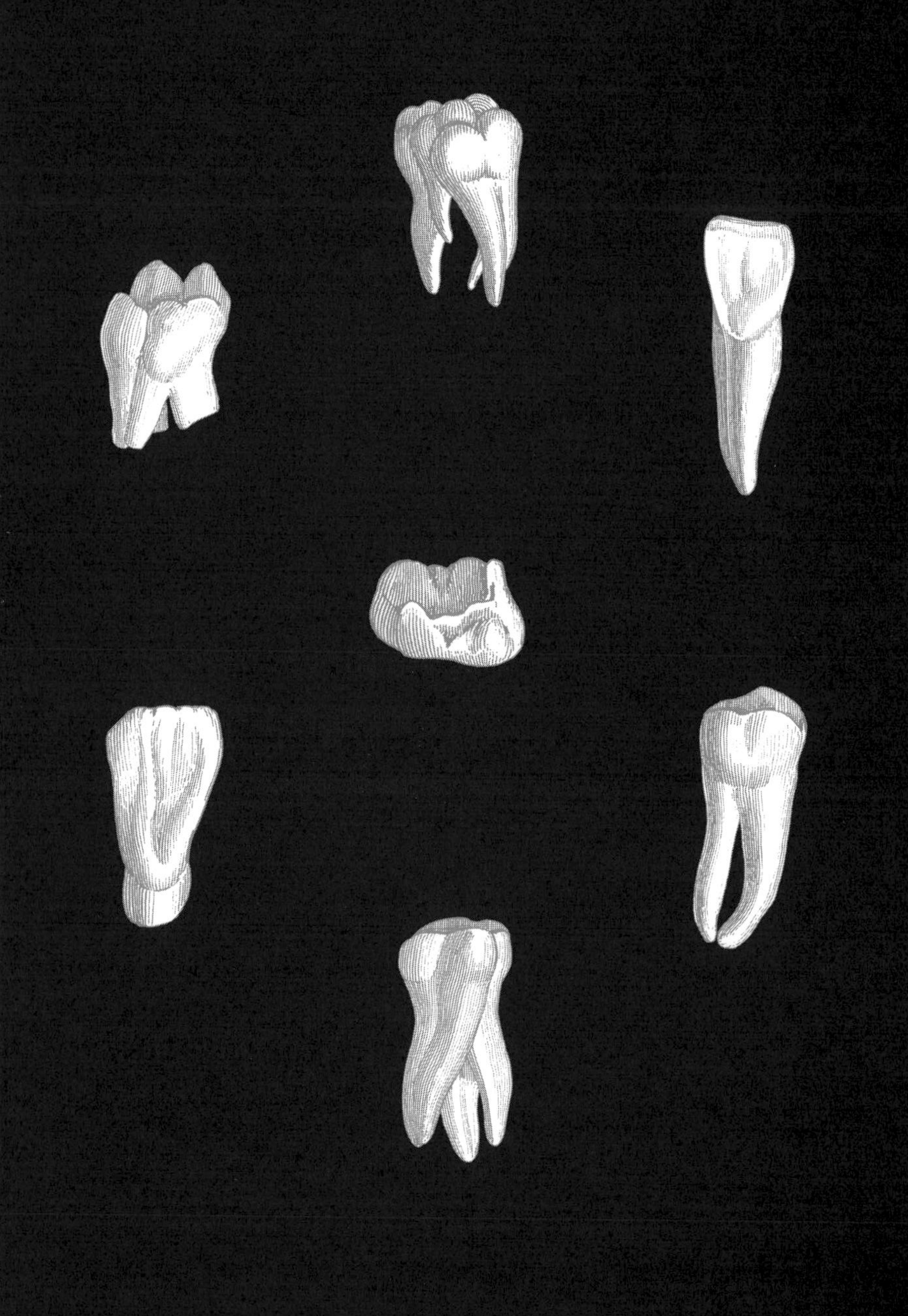

第七の書

年表

作成　クリスティーナ・マクスウィーニー

一九三八年　ラサロ・カルデナス大統領、メキシコの石油産業国有化を宣言。

一九四五年五月七日　ヨーロッパで戦争終結。

一九四五年　バートランド・ラッセル『西洋哲学史』刊行。

1945年ごろ
グスタボ・サンチェス・サンチェス（通称「ハイウェイ」）、麗しき風の町パチューカに生まれる。
サンチェス・サンチェス一家、エカテペック・デ・モレロスに転居。

一九四〇年　パチューカに拠点を置く米国企業スメルティング・リファイニング&マイニング社が倒産、住民の多くが職を求めて町を去る。

一九四五年ごろ　パウル・クレーの《新しい天使》、この絵の所有者ヴァルター・ベンヤミンがポルトボウで自殺したのち、テオドール・アドルノの手に渡る。

一九四五年　H・G・ウェルズ作『偶然の車輪』で、フープドライヴァー氏が英国南東部への自転車旅行に出かけてから五十年。

一九五〇年　ヴァージニア・ウルフが一九二二年および二三年に抜歯した経験を詳細に綴ったエッセイ「霧」が『大佐の死の床、その他のエッセイ』として刊行される。

一九四八年　ドイツの論理学者、哲学者ゴットロープ・フレーゲ生誕百年。

一九五四年　作家フランシスコ・ゴールドマン、マサチューセッツ州ボストンで誕生。

一九五六年　フリオ・コルタサル、短篇小説「アホロートル」で、パリ植物園に展示されていたメキシコサンショウウオの変態について考察する。

1953年ごろ

ハイウェイ、ルベン・ダリーオの新聞スタンドで初めての仕事をもらい、ストローのコレクションを開始。

一九五一年　ヘルマン・ヘッセ『シッダールタ』の英訳が米国で刊行、のちのヒッピー世代に影響を与える。

一九五五年　ミゲル・デ・ウナムーノがアルフォンソ十世十字勲章受賞式に際し、国王アルフォンソ十三世に「十字勲章を頂き、これほど名誉なことはございません。陛下、私こそがこの賞に値する者です」と述べてから五十年。

一九五七年　ロバート・グレーヴスによるスエトニウス『皇帝伝』の英訳がペンギン・ブックスより刊行。

一九六二年　シャルル・ボードレール『巴里の憂鬱』の、宮廷道化師ファンシウールの英雄的な死を描く断章を含む冒頭五十編の散文詩が刊行されてから百年。

　コーネリア・オーティス・スキナー、ロベール・ド・モンテスキューの伝記のなかで、歯を見せずに笑うモンテスキューの癖をマルセル・プルーストが模倣していたと報告。

一九六五年　メキシコで最初のフォルクスワーゲン工場の建設が始まる。

一九六二年　メキシコでスクライブ社のノート製造が始まる。

一九六六年　五十五年前、ポッジオ・ブラッチオリーニがクインティリアヌスの『弁論家の教育』をスイスのザンクト・ガレン修道院の古い塔で発見。

一九六七年　米国のカントリー歌手リロイ・ヴァン・ダイクが映画『俺にいくらの値をつける？』で主演。

一九六八年　ロサンゼルスでドナルド・ラウがチャイニーズ・フォーチュン・クッキーを発明してからおそらく五十周年。

一九六八年十月十二日　メキシコ五輪が開幕。

一九六八年　マルチメディア・アーティストのダグ・エイトケン、カリフォルニア州レドンドビーチで誕生。

1966年
ハイウェイ、エカテペック・デ・モレロスのフメックス工場に警備員として採用される。
コレクションを続行。

一九六七年　ビートルズが『サージェント・ペパーズ・ロンリー・ハーツ・クラブ・バンド』をリリース。ジャケットのデザインはピーター・ブレイクとジャン・ハワース。

ソル・ルウィットの「コンセプチュアル・アート寸評」が『アートフォーラム』に掲載される。

ウィリアム・ハズリットのエッセイ集『円卓会議』刊行から百五十年。

一九六八年十月二日　メキシコ市のトラテロルコ広場でデモ中の学生たちが虐殺される。

一九七〇年　米国のメキシコ系作家、編集者ダビ・ミクロス、テキサス州サン・アントニオで誕生。

一九七一年　ミシェル・ド・モンテーニュが三十七歳にして浮世の暮らしに飽き、父の城館に隠遁してから四百年。

　エッセイスト、詩人、編集者ルイジ・アマラ、メキシコ市で誕生。

　メキシコ芸術の「恐るべき子供（アンファン・テリブル）」ミゲル・カルデロン、メキシコ市で誕生。

一九七三年　ホルヘ・ルイス・ボルヘス、アルフォンソ・レイエス国際賞の第一回受賞者に選ばれたのち、ブエノスアイレス国立図書館長を辞職。

　ジョン・スチュアート・ミルの自伝刊行から百年。クインティリアヌスが自らの思想に影響を与えたとの記述あり。

一九七六年七月二日　サイゴンがホーチミン市に改称される。

一九七六年　オックスフォード大学でヴォルテール財団が創設される。

一九七八年　メキシコ北部文学の作家カルロス・ベラスケス、コアウイラで誕生。

一九七〇年初頭　スペインの作家エンリーケ・ビラ＝マタス、マルセル・デュシャンの著作を読んで芸術家レーモン・ルーセルのことを知る。

一九七〇年　プルタルコス『対比列伝』のギリシア語からの注釈付き英訳が刊行されてから二百年。

一九七〇年十月一日　ジャニス・ジョプリン、ロサンゼルスのサンセット・サウンド・レコーディング・スタジオで『メルセデス・ベンツ』を録音。

一九七一年　約千六百年前、若き日のヒッポのアウグスティヌスが「我に純潔さと自制心を与えたまえ、あとしばらく経ってから」と祈る。

　アラン・カプロー「非芸術家の教育」第一部が『アートニュース69』に掲載される。二〇一一年、メキシコの作家、詩人ダニエル・サルダーニャ・パリス、カプローのエッセイをスクライブ社のノートに書き写す。

　3Dアーティストのフェルナンド・オルテガ、メキシコ市で誕生。

一九七四年　詩人、エッセイスト、編集者ルイス・フェリペ・ファブレ、メキシコ市で誕生。魚座、天秤座のアセンダント、月星座は牡羊座。

一九七五年―八二年　アレクサンドル・セルゲーヴィチ・プーシキンの韻文小説『エフゲーニイ・オネーギン』が分冊で刊行されてから百五十年。

一九七六年　経験主義の父フランシス・ベーコンが、雪を腹に詰めた雌鶏など、冷凍肉の効果を試す実験のあと肺炎にかかり死去してから三百五十年。

一九八〇年四月十五日　ジャン＝ポール・サルトルのモンパルナス墓地への葬列に数万人が参加。

一九八二年　ジャン＝ジャック・ルソー『孤独な散歩者の夢想』刊行から二百年。

ローベルト・ヴァルザー短篇選集の英訳刊行に際し、スーザン・ソンタグが序文のなかで、ヴァルザーの文体をパウル・クレーの絵画になぞらえる。

1980年ごろ
ハイウェイ、従業員危機管理者に昇進。
各種の講座のコレクションに取りかかる。

一九八〇年　雑誌『レトラス・リブレス』電子版の編集長パブロ・ドゥアルテ、メキシコ市で誕生。

一九八一年　新しく発見された小惑星が「ドストエフスキー３４５３」と命名される。

一九八二年　ソール・クリプキが著書『ウィトゲンシュタインのパラドックス――規則・私的言語・他人の心』でウィトゲンシュタインの著作に基づく意見をもつ虚構の人物クリプキンシュタインを登場させる。

一九八三年　メキシコの短篇作家、長篇作家、劇作家ホルヘ・イバルグエンゴイティアがフロレンシオ・アンティジョン公園に埋葬される。墓碑銘は「ホルヘ・イバルグエンゴイティア、フランス軍と戦った曾祖父の名を冠するこの公園に眠る」。

一九八四年六月二十五日　ミシェル・フーコー、パリのピティエ＝サルペトリエール病院で死去。享年五十七歳。

1984年
ハイウェイ、フラカと結婚。

一九八三年　聖人たちの生涯を描いたヤコブス・デ・ウォラギネ『黄金伝説』の英訳キャクストン版刊行から五百年。

一九八四年　メキシコの歌手ホセ・マリア・ナポレオン、通称「メロディの詩人」、シングルレコード『変わらないで』をリリース。

一九八五年九月十九日　メキシコ市で巨大地震、少なくとも一万人が死亡。

一九八六年　ジャン・ボードリヤールが米国旅行を記録した『アメリカ』を執筆。

1985年9月19日
シッダールタ・サンチェス・トスタード誕生。

一九八五年九月　『ハイウェイマン』が米国カントリー音楽のヒットチャートで一位に。

一九八五年　カルロス・フエンテス、『老いぼれグリンゴ』を刊行。

一九八七年六月八日　シンガーソングライターのファン・シセロル、通称「メキシコのジョニー・キャッシュ」、メヒカリで誕生。セカンドアルバムには『クロナゼパム・ブルース』が収録されている。

一九八七年　メキシコの作家マリオ・ベジャティン、映画脚本執筆を学びにキューバへ。

1986年–87年
ハイウェイ、オクラホマ師匠の競売講座を受講。
ミズーリ競売人養成所でリロイ・ヴァン・ダイクに師事。
フラカ、ハイウェイを捨て、シッダールタを連れ去る。

一九八七年　メキシコの作家ギジェルモ・ファダネジが一年間ベルリンで暮らし、ぬるいビールに驚愕する。

一九八八年七月　ルベン・ダリーオの『青(アスル)』初版刊行から百年。

一九八九年　ホセフィーナ・ビセンスの短篇小説「ペトリータ」が没後刊行される。画家フアン・ソリアーノからビセンスに贈られた絵画《死せる少女》に基づいた作品。

1988年–2000年
ハイウェイ、競売人として成功を収め、世界中を回る。
寓意法によるオークション術を練り始める。

一九八九年　ホイットニー美術館別館でヨーコ・オノ回顧展開催。

一九九一年　ペトラルカがギリシア・ローマ時代以降初の桂冠詩人に選出されてから六百五十年。

一九九二年　サム・デュラントがパサデナのブリス・ギャラリーで初の個展を開催。

一九九五年　ソル・フアナ・イネス・デ・ラ・クルス没後三百周年。その著作はアリストテレス、クインティリアヌス、プラトンなど古典修辞学の影響下にあるとされる。

一九九一年　サーペンツ・テイル社がスーザン・バスネット訳によるマルゴ・グランツ『図説ファミリーツリー』を英国で刊行。

一九九二年八月三日　クリストファー・コロンブスが西回りのアジア航路開拓を目指して出航、たまたまカリブ海の島々を発見してから五百年。

一九九八年　チャールズ・ラムが自身の「恐怖の日」を描いた詩「懐かしい古顔」を刊行してから二百年。

一九九八年ごろ　十五歳のバレリア・ルイセリ、サン・クリストバル・デ・ラス・カサスの書店でセルヒオ・ピトルの『メフィストのワルツ』を購入、著者は東欧かロシアの物故作家だと思いこむ。

一九九九年十月二十七日、二十八日　クリスティーズがメキシコ製のソーダグラス・タンブラー十一点セットを含むマリリン・モンローの遺品をオークションにかける。

二〇〇〇年　古代ギリシアの劇作家で、神話の登場人物を普通の人間として描いたエウリピデスが、一連の悲劇を執筆するためにサラミス島の洞窟に蟄居してから約二千四百年。

二〇〇一年十二月三日　メキシコの実験的短篇作家ファン・ホセ・アレオラが死去。

二〇〇二年　米国に住むメキシコ人不法移民の数が五千三百万人と推定される。

ビジュアルアーティストのテレンス・ガワーが、メキシコ市エカテペックのフメックス財団コレクション内に《自転車パビリオン》を展示する。

二〇〇三年　オラファー・エリアソンがヴェネチア・ビエンナーレにデンマーク代表として参加。

二〇〇四年　短篇作家、エッセイストのビビアン・アベンシュシャン、ブエノスアイレスで見たステンシル作品《上司を殺して辞職せよ》にヒントを得る。

2000年ごろ
ハイウェイ、マイアミのオークションで、マリリン・モンローの歯を落札。

二〇〇〇年　テレファサの息子カドモスが、ドラゴンの歯を埋めた土のなかから武装した戦士が現われたのを見て腰を抜かしてから約三千年。

国連が二〇一五年までに達成すべき八つのミレニアム開発目標を発足。

二〇〇二年　ニコライ・ヴァシーリエヴィチ・ゴーゴリ没後百五十周年。

タキトゥスが『雄弁家についての対話』を著してから約千九百年。

二〇〇四年　ウルグアイの作家マリオ・レブレーロの『輝く小説』が没後刊行される。グッゲンハイム財団の奨学金をいかにして使ったかについての四五〇ページの序文を含む作品。

二〇〇五年　ロシアの不条理作家ダニイル・ハルムスが二度生まれてから百年。ハルムス本人は、父親と助産師が四か月早く生まれようとした自分を無理やり子宮に押し戻したのだと主張。

二〇〇六年　チリの作家アレハンドロ・サンブラの小説『盆栽』がスペインのアナグラマ社より刊行される。

二〇〇七年　メキシコの批評家ギジェルモ・シェリダンが『レトラス・リブレス』電子版でブログ「ミノタウロス」を書き始める。

　ユリ・エレーラ・グティエレスが雑誌『犬（エル・ペロ）』の編集者になる。

二〇〇九年　パチューカのエル・レイレーテ博物館の恐竜テーマパークがオープン。

　セクスト・ピソ社がエミリアーノ・モンへの小説『記憶に死す』を刊行。

二〇一〇年　作家カルロス・ユシミートが雑誌『グランタ』で「ロードアイランドのプロビデンスに住みブラジルの小説を書く日系ペルー人」として紹介される。

　メキシコの作家ライア・フフレサ、ウィスコンシン滞在中、二十七歳にして初めて自転車の乗り方を習う。

2001年-2010年

ハイウェイ、ディズニランディア通りに土地を購入、蟄居生活に入る。
地元の記念品コレクションを続行。

二〇〇五年　G・K・チェスタトンのエッセイ「ひとかけらのチョーク」刊行から百年。

二〇〇六年十月十三日　ドイツの哲学者ゲオルク・ヴィルヘルム・フリードリヒ・ヘーゲルがイエナの路上で馬上のナポレオンを目撃してから二百年。

二〇〇六年　グアダラハラ生まれの作家アントニオ・オルトゥーニョの『首狩り族』が「レフォルマ」紙の年間最優秀デビュー小説に選出される。

二〇〇七年　メキシコ通信産業界の帝王カルロス・スリムが世界一の富豪になったと報道される。

二〇〇八年　アルゼンチンの作家、批評家アラン・パウルスがエッセイ「芸術に生きる方法」で、フィクションとは「偶然と逸脱に基づく地図」だと理解し得ると主張。

二〇一〇年七月二十九日　ウィンストン・チャーチルの「世界を救った」入れ歯が、英国ノーフォークのオークションで一万五千二百ポンドで落札される。

二〇一〇年　ルベン・ガヨが『フロイトのメキシコ――精神分析の荒野へ』を刊行。

　メキシコのアーティスト、ダミアン・オルテガが、バービカン・アートギャラリーの個展で、ひと月にわたり毎日新作をつくる企画を敢行。

二〇一一年　コンセプチュアル・アーティストのアブラアム・クルスビジェガスが、テート・モダンで羊や糞や毛髪の塊を用いたインスタレーション《自己建設》を展示。

二〇一二年　アンディ・ウォーホルが一九八四年に制作したシルクスクリーン《聖アポロニアⅠ》がクリスティーズでオークションにかけられる。

二〇一二年四月二十七日　二人組アーティスト、フィシュリ&ヴァイスのうち、ダヴィッド・ヴァイスが六十六歳で死去。

二〇一二年六月　ハビエル・リベロがブログ「作家と猫たち」に「ジャン＝ポール・サルトルを校正中の猫」とキャプションを付した写真を投稿。

2011年–13年

ハイウェイ、聖アポロニア教会で比喩法によるオークションを開催。
ハイウェイ、「亡霊たちの部屋」で一夜を過ごす。
ハイウェイ、作家志望のハコボ・デ・ボラヒネと知り合い、自分の歯の自伝を書かないかと持ちかける。
ハイウェイ、歯を取り戻す。

二〇一一年十一月　マンハッタンのグッゲンハイム美術館が、イタリアのハイパーリアリズム・アーティスト、マウリツィオ・カテランを「挑発者」「いたずら者」として紹介。

二〇一一年三月　詩人ハビエル・シシリアの息子殺害事件を受け、メキシコ全土で麻薬絡みの暴力に対する大規模な抗議デモが展開。

二〇一一年　アルゼンチンの多作の作家セサル・アイラによる「音楽脳」と題する記事が『ニューヨーカー』に掲載される。

二〇一二年　フリアン・ヘルベルトが自伝的小説『墓の歌』でハエン未刊行小説賞を受賞する。白血病で亡くなった元娼婦の母を描いた作品。

二〇一二年　メキシコの詩人、エッセイスト、翻訳家テディ・ロペス・ミルが詩集『言い訳の本』を刊行。

二〇一三年　アルバロ・エンリゲの小説『突然死』がエラルデ賞を受賞。

　グアダルーペ・ネッテルの短篇集『金魚の結婚』で、オブローモフという名の金魚が一種の鬱病にかかって死ぬ。

2013年
ハイウェイ、バー〈夜の秘め事〉で寓意法によるオークションを仕切ったのち、モーテル〈おはよう（ブエノスディアス）〉で死去。

二〇一二年　パウラ・アブラモが詩集『光あれ』を刊行。

二〇一二年三月　ニューヨークを拠点に活動するアーティスト、ウーゴ・ロンディノーネが、ハンス・シェーラーによる歯を黄ばんだ小石で再現した《聖母像》を含む展示をキュレーション。

二〇一三年四月八日　フメックス財団コレクションが「狩人と工場」展を開始。

二〇一三年　プラトンのアカデメイア創設二千四百周年を記念した二ユーロ硬貨が鋳造される。

作者あとがき

本書はいくつかの共同作業の成果である。二〇一三年一月、わたしはメキシコ市郊外の町エカテペックの人けのない荒地のような地区に位置するフメックス・ギャラリーで行なわれるマガリー・アリオラとフアン・ガイタンのキュレーションによる「狩人と工場」展のカタログに、フィクション作品を書くという仕事を依頼された。その展覧会とわたしの依頼された仕事の背景にあったアイデアは、目玉となるアート作品と、ギャラリー、そしてギャラリーもその一部をなすより大きな社会的コンテクストとをつなぐもの――あるいはその不在――について考察するというものだった。

世界でもっとも重要な現代アートコレクションのひとつであるフメックス・コレクションは、ジュース工場のフメックス・グループが出資している。二つの世界――ギャラリーと工場、アーティストと労働者、アート作品とジュース――のあいだには、当然ながらギャップがある。かけ離れてはいるが隣り合うこの二つの世界を、いったいどう結びつければいいのか、文学はいかにしてその仲介者になれるのか。わたしはアートの世界のことはほとんど関係させず――むしろ寓意的に——描き、工場の暮らしに密着することにした。また、工場労働者についてというよりも彼らのために書くことにし、この目的にふさわしいと思われる手順を提案した。

十九世紀半ばのキューバで、「煙草朗読者」という奇妙な職業が生まれた。このアイデアを提唱したのはジャーナリストで熱心な死刑廃止論者だったニコラス・アスカラテで、葉巻製造工場で実地に移された。煙草朗読者は、他の労働者が葉巻をつくるあいだ、反復作業の退屈さを和らげるために本を朗読する。エミール・ゾラとヴィクトル・ユゴーが好まれたが、スペイン史の分厚い全集もよく読まれた。この習慣はラテンアメリカ各国に広まるが、二十世紀になって廃れた。もっとも、キューバでだけは今なお煙草朗読者をよく目にする。この職業が現われたのとほぼ同時期に、連載形式の近代小説も生まれた。一八三六年にバルザックの『老嬢』がフランスで、ディケンズの『ピクウィック・ペーパーズ』が英国で刊行された。安価な続きものの冊子として発売されたこれらの小説は、伝統的にフィクションを読む習慣のなかった読者の手にも届いた。わたしは気がついた。自分が直面しているのとそう遠くない社会的コンテクストでかつてその効果が証明された、これら二つの文学装置を組み合わせることができるのではないかと。この朗読と出版という実践に敬意を表し、そしてそこから学ぶべく、わたしは工員のために数回に分けて小説を書き、彼らにそれを工場で朗読してもらうことに決めた。

フメックス社のスタッフは協力的で、すっかり乗り気になり、朗読を行なう空間と必要条件を整えてくれた。わたしは最初の一回分を書き、それをかなり低予算の簡素な冊子として印刷して工員たちに配ってもらった。何人かの工員が興味を抱き、キュレーター助手のロレーナ・モレノが、毎週彼らが集まり、朗読したり感想を述べ合う小さな読書会を企画してくれた。わたしは毎週、新しい一回分を書き送るようになった。それをフメックス財団のスタッフが冊子にして、彼らに配布する。参加者全員の同意を得て読書会の模様は録音され、その都度、ニューヨークに住むわたしのもとへ送られた。わたしは彼らの声に耳を傾け、工員たちのコメント、批判、とりわけ朗読と意見交換が終わったあとのなにげないおしゃべりをメモに取った。それからまた新たな一回分を書き、あちらに送るということが繰り返された。彼らは一度もわたしと会わず、わたしも彼らと会わなかった。わたしは彼らの声を聞き、彼らはわたしの書いたものを読んだ。さらに、ハビエル・リベロとエル・ペロという二人のフメックス社スタッフが、展示されているアート作品、ギャラリー、近隣地区の写真を撮って送ってくれたおかげで、作品の舞台となる空間を、少なくともヴァーチャルな形で歩き回り、探索することが可能になった。これらを表わす数式があるとすれば、《ディケンズ＋ＭＰ３÷バルザック＋ＪＰＥＧ》となろう。最後の一回分といっしょに、わたしは自分の声を録音したＭＰ３を工員たちに送り、時間を割き意見を寄せてくれたことへの感謝を伝えた。わたしはグスタボ・サンチェス・サンチェスという偽名で書いていたのだが、わたしたちが築いた親密な関係の輪を、本当の声を聞いてもらうことで閉じることが重要だと考えたのだ。わたしの実際の声を聞いた彼らの反応は、この数か月後にメキシコ市のカリーヨ・ヒル美術館で本書のスペイン語版の刊行記念イベントをしたときに、読書会にいた工員のうちの二人が目の前に現われたときのわたしの反応と、おそらく似たものだったろう。輪が本当に閉じたのはこのときである。

本書の話の多くは、工員たちの私的な発言に基づいている——もっとも名前や場所や細部は変えてある。工員同士の意見交換も語りを方向づけることになり、また、わたしが昔から抱いていたある疑問について新たな視点から考えさせてくれた。アート作品はいかにして、アートが消費される特殊な市場の内側にとどまらず、その（おおよそ）明確な境界の外側でも価値を得るのだろう？ ギャラリーや美術館や文学の殿堂におけるコンテクストからある作品や名前を遠ざけることが——いわば逆デュシャン的手順が——その意味や解釈にいかなる影響を及ぼすのだろう？ 言説は、語りは、作者によるサインや人の名前は、わたしたちのアート作品や文学作品の受容の仕方をいかに変えるのだろうか？ こうした共通の関心の結果こそが、現代アートと文学における価値と意味の生産をめぐる、この集合的「小説‐エッセイ」なのである。

多くの方々の尽力と貢献にお礼を述べたいが、誰よりもまず、この物語を読み、ある意味でわたしといっしょにこの本を書いてくれた工員の皆さん、エベリン・アンヘレス・キンタナ、アブリル・ベラスケス・ロメロ、タニア・ガルシア・モンタルバ、マルコ・アントニオ・ベヨ、エドゥアルド・ゴンサレス、エルネスティーナ・マルティネス、パトリシア・メンデス・コルテス、フリオ・セサル・ベラルデ・メヒーア、ダビ・レオン・アルカラに、心から感謝の言葉を申し上げたい。

最後になるが、工場で工員たちに読んでもらった最初の回から、この英語による最終版に至るまでに、多くの変更点があったことをお断りしておかねばならない。実は、スペイン語の原書も、この英語版とはまるで別物なのだ——これまでの作品でもそうしてきたように、わたしは英訳でも徹底的な推敲と書き直しをするので、その結果できあがった作品のことは、翻訳というよりもむしろ新しいヴァージョンと見なしたい。それに加えて、この英語版は、わたしの翻訳者クリスティーナ・マクスウィーニーがひとりで作成したおまけの「分冊」を含む。彼女の作成した年表は、本書の見取り図であり、人名索引であり、注釈でもある。いずれも、翻訳者の透明性というかび臭い決まり文句に揺さぶりをかけ、翻訳の新しいあり方を提起するものだ。それは、訳文を単純化して注釈をつけることにより、作者を読者に近づけることをよしとするやり方でもなければ、原文をある種の「癖のない国際英語」に変換することで、読者を作者に近づけることをよしとするやり方でもない。この作品はそもそもの始まりからして共同作業だった。だから、本書もまた進行中のひとつのヴァージョンであり、そこでは新たな層が重なるたびコンテンツ全体が一変するのだと思いたい。

訳者あとがき

本書『俺の歯の話』をすでに読み終えられた方も、これから読まれる方も、まずはある美術館のホームページをご覧になっていただきたい。

メキシコのフメックス美術館（Museo Jumex）。

そこの〈展覧会（Exhibitions）〉をプルダウンして〈過去（past）〉を選択し、画面のいちばん下に現われる〈さらに読む（Load More）〉を次々に開いていけば、二〇一三年四月十一日から七月二十八日まで行なわれた「狩人と工場（El cazador y la fábrica）」という展覧会の紹介を見ることができる。

すべてはこの展覧会から始まった。

そしてまだすべてが終わったわけではない。

バレリア・ルイセリは一九八三年にメキシコ市で生まれた。幼少期から外交官の父に連れられコスタリカ、韓国、南アフリカ、インドなどを転々とし、十歳のときに母が夫と彼女を捨ててサパティスタ民族解放軍に加わるというちょっとした事件を経て、十九歳になって久しぶりにメキシコに帰国、改めてメキシコ人になる覚悟を決めたという。つまりルイセリは同じメキシコの作家カルロス・フエンテス（一九二八―二〇一二）とよく似た経歴のいわゆる帰国子女であり、英語とスペイン語の二か国語に通じているため、創作もその時々に応じてこの二言語を使い分けている。メキシコ国立自治大学を卒業後、米国コロンビア大学大学院で比較文学を専攻し、現在はニューヨークのブロンクスを拠点に小説執筆は言うまでもなく、ギャラリーやバレエ団や出版社など関係するさまざまな団体および個人と（本書のような）連携する活動を旺盛に続けている。

彼女の主要な作品を振り返っておこう。

二〇一〇年の *Papeles falsos* はスペイン語によるエッセイ集。二〇一三年にクリスティーナ・マクスウィーニーによる英語版 *Sidewalk* が刊行された。

二〇一一年の *Los ingrávidos* はスペイン語による中篇小説で、米国に住む作者の分身と思しき語り手の物語と、米国で客死したメキシコの詩人ヒルベルト・オーウェンの晩年の物語が交差するという内容。二〇一二年に同じくマクスウィーニーによる英訳 *Faces in a Crowd* が刊行された。

二〇一三年には *Where You Are* (https://where-you-are.com/) というウェブ上の共同企画のビジュアルブックに参加、数枚の写真に添える形で「ハーレムのスウィング」(Swings of Harlem) と題する文章を寄せている。同じ二〇一三年には、メキシコのアートギャラリーとの共同作業の成果である *La historia de mis dientes* を刊行。そして二〇一五年、マクスウィーニーとの実質上の共訳ともいえる英語版、すなわち本書の底本 *The Story of My Teeth* が、ルイセリなどラテンアメリカの作家も数多く手がける、米国ミネアポリスにある非営利出版社 Coffee House Press から刊行された。

二〇一六年には、米国に移住してからメキシコや中米からの不法移民の子どもの取り調べに通訳として加わった経験をもとに英語のエッセイを書いたが、その原稿のスペイン語への翻訳についてメキシコの旧知の編集者に相談したところ、「スペイン語で書きなおせ」と諭され、頑張ってリライトしたものが *Los niños perdidos*（*Un ensayo en cuarenta preguntas*）として刊行された。ルイセリはあるインタビューで、このとき打ち上げ会場の酒場で酔っ払ったメキシコ人編集者たちから、「わたしは英語のような帝国語では二度と書きません」とナプキンに書かされ、サインまでさせられた、と冗談まじりに回想している。オリジナルの英語版も翌二〇一七年に米国で無事に刊行された（*Tell Me How It Ends: An Essay in 40 Questions*）、こちらはこの年の米国図書賞を受賞した。

そして二〇一九年には英語による最新作 *Lost Children Archive* を刊行した。これは、ルイセリが夫と子供たちを連れて米国中西部に車で旅をした際の顚末を描くオートフィクション兼ロードノヴェルだが、そこにネイティブ・アメリカンの歴史や、失踪したメキシコ系不法移民に関する実録的要素も絡んでくるという、非常にハイブリッドな性格をもつ三八三ページの大著である。なお、直後に刊行されたスペイン語版（*Desierto sonoro*）は、本書『俺の歯の話』にも名が出てくるメキシコの作家ダニエル・サルダーニャ・パリスとルイセリの共訳となっている。

ルイセリはスペイン語と英語の両方で執筆を行なってきた。そして、ときには最初に英語で書いたものをスペイン語で自らリライトしたり、ときには本書のように最初にスペイン語で刊行した作品を英語翻訳者と共同で大幅に改変したり、あるいは最新作のように最初に英語で書いた作品をメキシコ人作家と共同でスペイン語に翻訳したりと、二つの言語のあいだを自由に行き来してきた。本書の「作者あとがき」で本人が主張しているように、ここには新たな翻訳のスタイルが見られる。それは、言語を越境するたびに、オリジナルのテクストに新たな言葉と新たな意味が重ねられていくというものだ。重訳(じゅうやく)ならぬ創造的「重ね訳」とでもいえようか。

本書『俺の歯の話』は、ハイウェイこと、グスタボ・サンチェス・サンチェスというメキシコのとぼけたオジサンのささやかな栄光と没落を描く悲喜劇だが、同時に、いわゆる開かれたテクスト、ルイセリの言う「進行中の一ヴァージョン」としての曖昧さと、それゆえの不思議な魅力と可能性を秘めた作品である。喩えるなら広間にポツンと置かれた穴ぼこだらけのオブジェ。表面と裏面には、人名をはじめとする無数の文字や記号が刻まれ、絵や写真が貼り付けられている。鑑賞者はそれらを見て単に面白がってもよいし、バカバカしいと無視してもよいし、その穴からなかに入って探検してもよし、オブジェの由来を求めて製作者や関係者のあいだをさまよってもよし、文字や記号から意味をくみ取ってもよし、穴に自分の好きな別のオブジェを接ぎ木してもよし、好きなようにいじっていい。ここを基点に自由に遊んでくれていい、そう訴えかけているような作品なのである。

本書の奇妙な特徴をいくつかの種類に分けて考えてみよう。

まずは実体としてのテクストであるが、「作者あとがき」でルイセリが述べているように、最初にあったのはフメックス工場の従業員有志に手渡された続きものの冊子である。いわばこれが第一ヴァージョン。そして、この冊子の朗読会で従業員たちが交わしたコメントなどを反映させた作品が、フメックス・ギャラリーで行なわれた「狩人と工場」展のカタログに掲載された。このカタログが第二ヴァージョンだ。実は訳者はこのカタログをまだ見ていない。現在はメキシコ市にあるフメックス美術館で閲覧できるはずなので、いつか見て本書と比較してみたいと思っている。そして、このカタログ版をもとにメキシコのセクスト・ピソ社から刊行されたスペイン語版が第三ヴァージョン、訳者が最初に読んだ版である。

さらに、このスペイン語による第三ヴァージョンをもとに、英訳者マクスウィーニーとルイセリが実質上の共訳を行なったのが本書の底本である英語版、これが第四ヴァージョンである。第三ヴァージョンと第四ヴァージョンは似て非なるものだ。全体的な構成、特に〈第一の書〉の中身はほぼ同じだが、ここでも固有名が大幅に変更されている。たとえばハイウェイの息子シッダールタは、第三ヴァージョンではラッツィンガー、ローマ教皇ベネディクト十六世のドイツ語名だった。そもそもハイウェイ自身がスペイン語で「幹線道路」を意味するカレテーラを名乗っていた。またテクストの総量は第四ヴァージョンのほうが一・三倍ほどに増加していて、挿入されるオークションのアネクドートと各〈書〉との対応関係も第三ヴァージョンと異なっている。その理由についてはあとで述べることとして、英訳者マクスウィーニーによる年表と、「作者あとがき」、第三ヴァージョンにはなかったテクストも含むこの第四ヴァージョンは、それ以前とはまるで異なるテクストであることを確認しておきたい。

なお、ここから先の第三言語への翻訳については、この日本語版も含め、ルイセリ自身の手は加わらない第五ヴァージョンということになる。ちなみに本書は、訳者がまずスペイン語版を全訳し、それをベースに英語版を参照しつつ一から訳し直した。英語版を底本とする姿勢に変わりはないが、ミスターとミセスをセニョールとセニョーラに戻すなど、一部でスペイン語版の香りを再現している。そういう意味では、たとえルイセリ自身の手が加わっていなくとも、本書もまた、日本という米国やメキシコに対して独自のファンタジーを共有する国の読者を想定したオリジナル・ヴァージョンといえるかもしれない。

物語の構造レベルで見ると、本書でもっとも面白いのはハイウェイによるオークションの小話がそれぞれ独立した物語として楽しめることだ。また、随所に挿入される文学や哲学のテクストからの引用や、さらに「ピエロの間」での息子とのやりとりやハコボ・デ・ボラヒネとのやりとりのなかに出てくる小話、また各〈書〉の末尾に置かれたフォーチュン・クッキーのおみくじなどが、それぞれ本筋と響き合うことで、さまざまな角度から物語を楽しめる仕掛けになっている。

また、〈第六の書〉で初めて語り手として現われたボラヒネは、〈第五の書〉までがハイウェイの口述を自らが記述したものであることを明らかにする。ここで、〈第五の書〉までのすべてにボルヘスを崇拝する作家志望のボラヒネによる修正が加えられた可能性が浮上する。そこへキャプション付きの写真が加わり、また一般的な小説ではまずあり得ない実作者によるあとがきが最後に現われ、作品全体の虚構性を揺るがし、挙げ句の果てには英訳者マクスウィーニーによる人物紹介を兼ねた年表まで加わってくる。

この小説そのものがさまざまなレベルでの「重ね書き」で成り立っているのである。

本書には現代アートとのコラボレーションという性格もある。フメックス・ギャラリーは、エカテペックというメキシコ市郊外の工業団地群の、メキシコを代表する清涼飲料製造会社の敷地内にある。ルイセリが「作者あとがき」で触れているように、展覧会「狩人と工場」は、工場に隣接するアートギャラリーというこの独特な立地状況、すなわちいささか荒廃した工業団地と最先端の現代アートとのギャップを前景化しようとする試みだった。しかしながら、現代アートの展示だけでは、工場従業員や近隣の住民たちとの文化的交流は難しい。そこでキュレーターたちはルイセリに助けを請うた。つまりこの小説の発端は、工場従業員や近隣住民との文化的交流だったのである。物語の舞台がエカテペックになっているのも、ハイウェイがウーゴ・ロンディノーネの〈実際に「狩人と工場」展で展示された〉「ピエロの間」

に幽閉されたのも、自転車でエカテペックをうろうろしたのも、実はこの街に住む従業員や〈観客としてギャラリーを訪れる〉住民が第一読者に想定されていたからである。今日、いわゆる〈世界文学〉化を目指す小説家が、特定地域の労働者と住民だけを読者に想定することはまずあり得ないだろうが、この小説の少なくともスペイン語版までは、まさにそのような目的で書かれたといっても過言ではない。

〈第五の書〉でハイウェイが物語に変えた品は、どれもこれもすべて「狩人と工場」展に出品されたものである。画像にアクセスできる方はぜひ一度ハイウェイの物語と実際の品を見比べていただきたいと思う。ちなみに「狩人と工場」展の会期終了後の二〇一三年末、フメックス財団はメキシコ市内にフメックス美術館をオープンし、現在ではコレクションの大半はこちらに移動しているという。

この小説を埋め尽くしているのは固有名だ。

〈第一の書〉におけるハイウェイの回想場面で、彼がルベン・ダリーオの新聞スタンドで働くという場面がある。ダリーオがニカラグア生まれの大詩人で、その代表作が『青(アスル)』であることは、多少なりともスペイン語文学をかじった読者なら誰にでもわかる。そのアスルとベッドにもぐりこむウナムーノが深刻な表情の肖像写真で知られるスペインの作家であることも。特定の固有名が歴史のなかで帯びてきた意味を時代と場所を移し替えることでいったん剝奪し、別の角度から新たにその意味を書き換えてしまうという、小説全体を通じて行なわれている遊びは、実はハイウェイがオークションの術を介して実演していたことと重なってくる。しかしながら、第三ヴァージョンのスペイン語版にはその意図がじゅうぶん反映されていなかったように思われる。メキシコの読者を想定していたこともあるのだろう、固有名もメキシコ人のそれが多かったが、登場人物がダリーオやウナムーノやホセ・バスコンセロス（メキシコの思想家）やサルバドール・ノボ（メキシコの詩人）という名をもつことに、フメックス工場の従業員が大いなる興味を示したとはとうてい思えない。本書で〈第四の書〉（循環論法）に収められたグスタボつながりの物語も、スペイン語版では〈第五の書〉（寓意法）に埋没して、その存在感を発揮できずにいた。固有名を用いた遊びの部分に関してのみ言えば、スペイン語版は企画倒れの感が否めない。

英語版で大幅に拡充されたのはまさにここ、すなわち固有名のもつ価値への問いかけとそれを用いた遊戯的要素である。固有名を用いた遊びとハイウェイによるリサイクル型オークションの物語がより有機的に繋がるようになり、さらに、すべての〈書〉の冒頭に、J・S・ミルに始まる「名指し」をめぐる言語哲学の断章が、ある種の謎かけとして新たに掲げられたことで、読者はこのテーマをより立体的な形で鑑賞できるようになったわけだ。

読者の皆さんになじみはないかもしれないが、固有名のなかにはラテンアメリカの若い作家も大勢混じっている。自分と同じ世代の売れない作家たちへの熱い仲間意識を決して手放さないという点においては、ルイセリもまたスペイン語圏におけるポスト・ボラーニョ世代の作家のひとりなのだ。特に、世界的にはマイナーなメキシコの作家たち（フリアン・ヘルベルト、ルイジ・アマラ、ダニエル・サルダーニャ・パリス、ライア・フフレサ、グアダルーペ・ネッテル、ユリ・エレーラ、ビビアン・アベンシュシャンなど）を追いかけてきた訳者にとっては嬉しい驚きの連続でもあった。マクスウィーニーによる年表は、これらの知られざるラテンアメリカ作家たちと、現代アートの最先端を走る世界中のアーティストたち、そしてペトラルカやチェスタトンといった古典作家を同列に並べるものであり、スペイン語圏の若手作家を地道に英訳し続けている彼女の愛が感じられて、なんだか微笑ましい。

このほか引用されている文学や哲学のテクスト間の関係性など、本書は読み方によってまだまだ多くの引き出しを隠し持っている。メキシコのアートギャラリーで始まった意味形成の輪は閉じ切っていない。輪は読者の皆さんに繋がれたのだ。

実は、本書のような実験小説は、スペイン語圏においては残念ながらあまり人気がない。たとえば、現在のラテンアメリカ文学における実験系作家の双璧は、本書にも登場するアルゼンチンのセサル・アイラとメキシコのマリオ・ベジャティンであるが、いずれについても「軽薄短小な作品を粗製乱造している」に類する批判の声をしばしば耳にする。ガルシア＝マルケスらブーム世代が作り上げた「重厚長大路線」のイメージが邪魔をしているのかもしれないが、各国で毎年のように現われてくる小説の多様性を思えば、もったいないとしか言いようがない。日本でもアイラはかろうじて紹介されているが、ベジャティンに至っては一冊も読めない状況だ。ただ、本書のように英語圏というより広い受容のフィルターを一度くぐることで、作品の本来の質にふさわしい評価を受ける可能性があることも見えてきた。これまた本書に登場するチリのアレハンドロ・サンブラによる二〇一五年刊の実験小説 *Facsímil*（マークシート国語試験の形式による小説）も、少なくともチリ以外のスペイン語圏では芳しい評価を得られなかったのだが、その翌年に出た英訳 *Multiple Choise* は米国で好評と聞く。本書に触れたことがきっかけとなり、日本の翻訳小説好きの皆さんが、現代ラテンアメリカ文学に続々と現われる豊饒な新しい文学にいっそうの興味を抱いてくださることを願ってやまない。

『俺の歯の話』は数多くの引用で成り立っている。原書末尾に付されたCreditsには、スエトニウスやボードリヤールやチェスタトンやベンヤミンなど、ルイセリが引用に際して使用した各種の英語版テクストが提示されているが、それらは文脈に応じて適宜修正を施したとも記されている。またクッキーのおみくじの文言は、セルバンテスの言葉やヴィンス・ロンバルディ（アメリカンフットボールの名監督）の発言、ラテン語、中国語、スペイン語などの諺から取ったとある。本書では、翻訳小説としての全体的バランスを考慮し、引用個所に関しては既訳を参考にしつつ、ルイセリの英語によるテクストに従って訳出することにした。クッキーのおみくじに関しては、中国語の文言ではなく、底本の英訳部を訳している。なお一部の引用個所については、以下の既訳を使用させていただいた。ミシェル・フーコー「汚辱に塗れた人々の生」（『フーコー・コレクション6　生政治・統治』丹生谷貴志訳、ちくま学芸文庫）、マルセル・プルースト『失われた時を求めて1　スワン家のほうへI』（吉川一義訳、岩波文庫）、ジャン・ボードリヤール『シミュラークルとシミュレーション』（竹原あき子訳、法政大学出版局）、シャルル・ボードレール『巴里の憂鬱』（三好達治訳、新潮文庫）。

各国語の読み方や解釈に関しては、大阪大学の同僚の先生方、白水社語学書編集部を通じてご教示いただいた先生方をはじめ、関係する多くの皆さんに貴重な知恵をお借りした。そして、白水社編集部の金子ちひろさんには今回も懇切丁寧な校正をしていただいた。訳者にとってはもはや第三言語となっている英語からの翻訳をなんとか乗り切ることができたのも、ひとえに金子さんのおかげである。

最後になるが、この三人にも、それにふさわしい言葉で改めてお礼の言葉を述べておきたい。

Gracias, Valeria.

Thank You, Christina.

Adiós y so long, señor Highway.

松本健二

二〇一九年十一月二十八日

訳者略歴
一九六八年生まれ
大阪大学言語文化研究科准教授
ラテンアメリカ文学研究者
訳書にR・ボラーニョ『通話』、『売女の人殺し』、『ムッシュー・パン』、A・サンブラ『盆栽／木々の私生活』、E・ハルフォン『ポーランドのボクサー』（以上、白水社）、C・バジェホ『セサル・バジェホ全詩集』、P・ネルーダ『大いなる歌』（以上、現代企画室）、共訳書にR・ボラーニョ『野生の探偵たち』（白水社）、F・アヤラ『仔羊の頭』（現代企画室）など

俺の歯の話

二〇一九年一二月一五日 印刷
二〇二〇年 一 月一〇日 発行

著者 バレリア・ルイセリ
訳者 © 松本健二（まつもとけんじ）
発行者 及川直志
印刷所 株式会社 理想社
発行所 株式会社 白水社

東京都千代田区神田小川町三の二四
電話 営業部〇三（三二九一）七八一一
編集部〇三（三二九一）七八二一
振替 〇〇一九〇-五-三三二二八
郵便番号 一〇一-〇〇五二
www.hakusuisha.co.jp
乱丁・落丁本は、送料小社負担にてお取り替えいたします。

株式会社松岳社

ISBN978-4-560-09738-0

Printed in Japan

エクス・リブリス
EXLIBRIS

■サルバドール・プラセンシア 著　藤井光 訳
紙の民
メキシコから国境を越えてカリフォルニアの町エルモンテにやってきた父と娘。登場人物たちを上空から見下ろす作者＝《土星》。ページの上で繰り広げられる《対土星戦争》の行方は？　メキシコ出身の若手による傑作デビュー長篇。

■アレハンドロ・サンブラ 著　松本健二 訳
盆栽／木々の私生活
「ものを書くことは、盆栽の世話をすることに似ている」。サンティアゴを舞台に、創作と恋愛の不可能性をミニマルな文体で綴る珠玉の二篇。映画化された処女作と続編の第二作を収録。

■エドゥアルド・ハルフォン 著　松本健二 訳
ポーランドのボクサー
少数派的状況を生きる自身のルーツを独特のオートフィクション的手法で探究。ユダヤ系グアテマラの鬼才による日本オリジナル短篇集。第三回日本翻訳大賞受賞作。

■ロベルト・ボラーニョ 著
Roberto Bolaño

ロベルト・ボラーニョ
ボラーニョ・コレクション
全8巻

作家ロベルト・ボラーニョの文学的野心にあふれた作品世界の核心に迫る、代表的な短篇集および中・長篇小説を収録

- 売女の人殺し　松本健二 訳
- 鼻持ちならないガウチョ　久野量一 訳
- [改訳] 通話　松本健二 訳
- アメリカ大陸のナチ文学　野谷文昭 訳
- はるかな星　斎藤文子 訳
- 第三帝国　柳原孝敦 訳
- ムッシュー・パン　松本健二 訳
- チリ夜想曲　野谷文昭 訳